SHORT CLASSICS
短经典精选

THIS IS HOW YOU LOSE HER
—— Junot Díaz ——

你就这样失去了她

〔美〕朱诺·迪亚斯 著 陆大鹏 译

人民文学出版社
PEOPLE'S LITERATURE PUBLISHING HOUSE

著作权合同登记号　图字 01 - 2023 - 1659

THIS IS HOW YOU LOSE HER
by Junot Díaz
Copyright © 2012 Junot Díaz
This edition arranged with The Marsh Agency Ltd & Aragi, Inc through Big Apple Agency, Labuan, Malaysia. Simplified Chinese edition copyright © 2024 Shanghai 99 Readers' Culture Co., Ltd
All rights reserved.

图书在版编目(CIP)数据

你就这样失去了她 /（美）朱诺·迪亚斯著；陆大鹏译. -- 北京：人民文学出版社，2024. -- （短经典精选）. -- ISBN 978-7-02-018879-6

Ⅰ. I712.45

中国国家版本馆 CIP 数据核字第 2024S9R467 号

责任编辑　朱卫净　邰莉莉
封面设计　好谢翔

出版发行　人民文学出版社
社　　址　北京市朝内大街 166 号
邮　　编　100705

印　　刷　凸版艺彩(东莞)印刷有限公司
经　　销　全国新华书店等

字　　数　120 千字
开　　本　889 毫米×1194 毫米　1/32
印　　张　7.125
版　　次　2024 年 9 月北京第 1 版
印　　次　2024 年 9 月第 1 次印刷

书　　号　978-7-02-018879-6
定　　价　65.00 元

如有印装质量问题，请与本社图书销售中心调换。电话:010 - 65233595

好吧,我们没有工作。而且,并非所有的
记忆,跟你说实话吧,都美好。
但有时很愉快。
爱是美好的。我爱你蜷着身子睡
在我身边,做梦时从不害怕。

为了我们这样的伟大战争应当有
星星。①

——桑德拉·希斯内罗丝

---

① 节选自希斯内罗丝的诗作《给理查德的最后一首诗》。本书所有注释均为译者注。

目录

001 | 风花雪月
030 | 妮尔达
047 | 艾尔玛
052 | 恨不逢君未娶时
083 | 弗拉卡
094 | 普拉原理
126 | 冬　天
154 | 萝拉小姐
180 | 偷情者的真爱指南

风花雪月

我这人吧,其实不坏。我知道这话听起来是啥样——自我辩护、厚颜无耻,但我真的不算坏啊。我和其他所有人一样:软弱,会犯很多错误,但基本上还算良善之辈吧。玛歌达莉娜可不同意。在她眼里,我是个典型的多米尼加男人:混蛋、孬种。你瞧,好多个月以前,玛歌达①还是我的女朋友,那时我对她还可以大大咧咧,大可不必这么如履薄冰,那时我背叛了她,和那个发型酷似八十年代即兴说唱艺人的小妞上了床。这事我可没告诉玛歌达。你懂的,这种丑事,最好深埋起来,别亮出来瘆人。玛歌达之所以听到风声,是因为那妞儿居然给她写了封欠揍的信,把我和她的事抖落了出来。信里写得可详细啦。那些细节,你就是喝醉了也不会告诉哥们儿的。

问题是,这桩丑事已经过去几个月了。我和玛歌达的关

---

① "玛歌达莉娜"的昵称。

系在改善，不再像我背叛她的那个冬天那样疏离。冰雪已经消融。她常来我家。以往我们都是和我那些傻乎乎的哥们儿一起玩——我在那儿抽烟，她无聊得要死——但现在我和玛歌达享受二人空间，一起看电影，开车去不同的地方吃饭。我们甚至还去"十字路口"剧院①看了场戏，我给她拍和一群很牛的黑人剧作家的合影。在那些照片上，她笑得多灿烂，大嘴好像要咧到耳朵根似的。我们又如胶似漆啦。周末我们会去拜访对方的家人。一大清早，别人还没起床，我俩就去小饭馆吃早餐。我们一起在新不伦瑞克的图书馆（就是卡内基用他的昧心钱盖的那个图书馆②）扒来扒去找书。我俩的节奏不错。就在这关头，那封倒霉的信来了，就像《星际迷航》里的榴弹似的，把我的世界炸了个稀巴烂，过去、现在、未来都完蛋了。她的家人一下子都恨不得吃我的肉。尽管我两年来一直帮他们处理税务，

---

① "十字路口"剧院位于新泽西州新不伦瑞克市，是美国首屈一指的黑人剧院，成立于1978年，旨在通过文艺作品描绘美国黑人的生活体验，使之获得人们的理解和赞赏。1999年，"十字路口"剧院获得美国艺术四大奖之一的托尼奖。

② 安德鲁·卡内基（1835—1919），美国钢铁大亨、巨富与慈善家。卡内基在经营过程中多次因劳资矛盾和工人发生冲突，如1892年7月卡内基企图降低工人工资，引发大罢工，罢工工人遭到军警镇压，导致几十人伤亡。卡内基旗下工人因工资低、劳动条件差、缺乏福利保险等，对他颇有怨言。因此尤尼奥称卡内基的财富为"昧心钱"。另外，卡内基因自己少年时酷爱读书，事业有成后便大力兴办公共图书馆，一共捐资1200万美元，兴办图书馆近三千家。

还给他们拾掇草坪,她全家还是对我咬牙切齿。她爸以前把我当亲儿子看,如今呢,在电话上劈头盖脸、恶狠狠地骂我是狗杂种,那个凶劲儿,好像他在用电话线上吊似的。你不配我用西班牙语跟你讲话,他说。有次我在伍德布里奇商场撞见玛歌达的一个闺蜜——叫柯莱莉贝,厄瓜多尔裔,学生物的,眼睛细长——她对我那恶狠狠的样子,就跟我吃了谁家的宝贝娃娃似的。

我和玛歌达的关系急剧恶化。真他妈惨。就像五列火车撞到一块儿那么惨。她把卡珊德拉的信扔过来打我——没打中,信掉到一辆沃尔沃汽车底下——然后一屁股坐在马路牙子上,开始大喘气。混蛋,老天爷呀,她嚎得那叫一个惨。混蛋,老天爷呀。

我的哥们儿说,这种时候,就该咬紧牙关,矢口否认。卡珊德拉是哪个?我感觉恶心得不得了,没矢口否认的那个劲头。我坐在她身旁,抓住她胡乱挥舞的胳膊,说了一些傻里吧唧的话,比如,玛歌达,你一定要听我解释。要不然你不明白。

我来给你说说玛歌达这人吧。她家住伯根莱因[①],非常有个

[①] 伯根莱因是新泽西州哈得孙县北部的商住区,有很多拉丁裔开设的商店。

性：个子不高，大嘴巴，屁股丰满，黑色的鬈毛浓密茂盛，你的手伸进去一定会迷路。她爸是个面包师，她妈是上门卖童装的小贩。她挺精明，但也有颗宽宏大量的善心。她笃信天主教。每个礼拜天都拉我去教堂参加西班牙式弥撒。如果她有亲戚生病，尤其是那些在古巴的亲戚，她就写信给宾夕法尼亚州的什么修女，请她们为她的家人祷告。她嗜书如命，城里每一个图书馆员都认识她；她是个教师，所有学生都爱她。她一直替我做剪报，从报纸上剪下关于多米尼加的材料给我。我差不多每周都和她见面，但她还是寄肉麻的短信给我：好让你别忘了我。像玛歌达这样的好姑娘，世上最不应当欺骗的人就是她了。

算了，我偷情败露之后发生的那些事情，我就不啰嗦了。我苦苦哀求，她又哭又闹。我开车去她家，给她写信，深更半夜死皮赖脸地给她打电话，过了整整两周时间，我们总算和好了。倒不是说她家人重新接纳了我，或者她的闺蜜们为此兴高采烈。那些狗东西，嚷嚷着让她永远不要原谅我。甚至玛歌达自己起初也不太情愿跟我和好，但毕竟我们俩以前的感情多深啊。她问，你为什么还来烦我？我说的是实话：因为我爱你，宝贝。我知道这话听起来挺假，挺扯淡的，但我确实是真心的：玛歌达是我的挚爱，我不想和她分手。我可不想因为作了一次孽，就抛掉这段感情。

和好可不是那么容易的，真是费尽九牛二虎之力。玛歌达很执拗；我们俩刚开始谈恋爱的时候，她说，至少要和我相处一个月之后才会和我睡觉。我耍尽花招想骗她上床，这姑娘就是不为所动。而且她非常敏感，别人对她的伤害，她非常往心里去，就像纸遇水马上就湿那么敏感。你简直想象不出来，她问过多少次（尤其是我们做完爱之后），如果不是我发现你干坏事，你会自己告诉我吗？这个，还有为什么，是她最常问的问题。我最常用的回答是：会告诉你的。我那么干太蠢了，没经过大脑。

我们甚至还谈过卡珊德拉，通常是在周遭黑漆漆、我们不必直面对方的时候谈。玛歌达问我，你爱上卡珊德拉了吗？我回答，没有。你还会想她吗？不会的。你喜欢和她做吗？说实话，和她做的感觉糟糕透顶。这样的回答从来都没什么说服力，但非这么说不可，别管听起来多荒唐、多虚伪。非这么说不可。

我们和好后，有一段时间，我们又是如胶似漆。

但好景不长。渐渐地，几乎是难以察觉地，我的玛歌达换了一个人。她不像以前那样愿意来我家过夜了，我叫她帮我挠挠背的时候，她也不大肯了。你要是注意观察，这些微小的迹象真是惊人。比如，过去，如果我打电话给她的时候她正在和别人通话，她总是优先接我的电话，从来不会让我先挂掉、待会儿再打。现在不是这样了。这一切都得怪她那些闺蜜，我知道那些死丫头一直在她耳边说我的坏话。

当然，我也有一帮哥们儿给我出点子。他们总是说，滚她妈的，这贱人有什么好稀罕的。但我怎么努力都不能自拔。我是当真爱上了玛歌达。我又开始格外努力地讨好她，但做什么都不见效。我们一起看的每一部电影，我们每次夜间行车，每次她在我家过夜，似乎都在给我减分。我感到，自己正在一分一分地渐渐死去，但我每次向她说起我的感受时，她都说我是在自寻烦恼。

大约一个月后，她开始有一些新动向了，足以让我这样神经兮兮的黑家伙恐慌起来。她换了新发型，买了更高档的化妆品，穿上新衣服，每周五晚上和朋友一起去跳舞。我约她出来玩的时候，都已不确定她一定会同意了。她往往就跟巴托比[①]似的，不断重复，不，我不愿意。我问她这究竟是怎么回事，她说，我还想知道是怎么回事呢。

[①] 典出赫尔曼·梅尔维尔的短篇小说《书记员巴托比》，巴托比是个抑郁的律师事务所书记员，他对几乎所有问题的回答都是"不，我不愿意"。

我知道她这是在干吗：她要让我意识到，我在她的生活中的地位岌岌可危。就好像我还意识不到似的。

六月到了。热烘烘的白云慵懒无力地飘着，有人用软水管弄水冲洗汽车，窗户都大开着，音乐飘到室外来。大家都在为夏天做准备，甚至我们也在。这一年年初，我们曾计划去圣多明各①旅游，是为了纪念我俩恋爱一周年，现在得决定还要不要去了。这个问题在我们之间悬了有一阵子了，我原以为它会自然而然地解决的。现在，决断的时刻到了，我把机票拿出来，问她，还想去吗？

就好像这是个很严肃的承诺似的。

可能更糟糕。拜托，不就是度假嘛，有啥大不了的。

我的感觉是你在给我压力。

别把它当压力。

我也不知道自己怎么就耗在这事上。我每天都提起此事，努力想让她作承诺，把咱俩的关系确定下来。或许我是厌倦了现在的尴尬局面了。想活动活动筋骨，渴望能有新变化。或者我脑子里有这种想法：如果她同意和我一起去度假，那么我们的关系就能真正改善。如果她不肯去，我至少能知道，我跟她

---

① 圣多明各是多米尼加共和国的首都，也是最大的城市。

算完了。

她的闺蜜（地球上最讨厌的倒霉蛋）向她建议，先和我去度假，然后再把我甩了。当然，她把这个告诉我了，因为她已经习惯成自然，脑子里想啥都一定要告诉我。你对这建议是怎么想的？我问道。

她耸耸肩。这总是个主意。

甚至我的哥们儿都对我说，黑小子，你带她去旅游，完全是瞎花钱。但我真的认为，这对我俩有好处。在内心深处，我可是个乐观主义者，虽然哥们儿都认识不到这一点。我想，只要我俩到岛上[①]玩玩，有什么问题是解决不了的？

我也坦白一下，我爱死圣多明各了。那是我的故乡，在那里总有穿运动夹克的小贩拼命向你兜售小杯装的布鲁加尔酒[②]，我喜欢这感觉。我喜欢飞机降落、轮子亲吻跑道、所有乘客鼓掌的感觉。我是飞机上唯一一个和古巴毫无瓜葛、脸上也没涂厚厚一层化妆品的黑小子，这也让我开心。机上有个红头发女人要与十一年没有相见的女儿重逢，我对她挺有好感。我也喜

---

① 即伊斯帕尼奥拉岛，哥伦布于1492年在该岛登陆，宣布其为西班牙领地，将其命名为"伊斯帕尼奥拉岛"（意为"小西班牙"）。目前，该岛西部为海地共和国，东部为多米尼加共和国。
② 多米尼加产的一种朗姆酒。

欢这位母亲像捧圣徒骸骨一样小心翼翼地把礼物搁在大腿上。我闺女胸部都开始发育了，红发女人向邻座的旅客小声说，我上次见到她时，她几乎连囫囵句子都说不清。现在是个真正的女人了。想想看。我喜欢妈妈帮我打的行李包，里面都是送给亲戚的东西，也有送给玛歌达的礼物。天塌下来，也一定要把礼物交给她。

如果这是另外一种故事，我一定会给你描绘一下大海。还有鲸鱼喷水是什么样子。我从机场开车出来，看到海面上鲸鱼喷出碎银般水柱的壮观景象，我知道，我是当真回到了故乡。我会告诉你，那儿有多少倒血霉的可怜虫。那里的白化病人、斗鸡眼黑佬和街头小流氓数量之多，举世罕见。我还会给你描述一下那儿的交通状况：二十世纪末生产的各种各样五花八门型号的汽车，这儿都能找得到，蝗虫般堵满每一寸平地；这是由饱经风霜破破烂烂的汽车、摩托车、卡车、大巴，以及相同数量的修理铺（就算是个白痴，只要手里拿把扳手就能开修理铺）组成的宇宙。我会给你描述棚户区、我们的流不出自来水的自来水龙头，以及广告牌上画的黑小子，还有我们家的厕所是始终靠谱的旱厕。我会给你说说我爷爷，他那双农民的粗手，以及我没有一直陪在他身边，他是多么不开心。我还会说说我出生的那条街，21号大街，说不清这鸟地方究竟算不算贫民窟，而且它这副熊样已经有些年头了。

如果我把这些都描述一番,这个故事就变味了,况且这个故事现在已经很难讲了。你得相信我。圣多明各就是圣多明各。咱们都假装对那儿的情况一清二楚吧。

我脑子肯定是进水了,因为最初几天我还傻乎乎地以为,我跟玛歌达关系挺好的。当然了,待在我爷爷家让玛歌达无聊透顶,她自己都这么说的——我好无聊啊,尤尼奥——但我之前可是跟她打过招呼的,我爷爷那里是非去不可的。我以为她应该不会介意;她通常很擅长和老年人打交道。但她跟我爷爷没说几句话,光是汗流浃背地坐立不安,喝了十五瓶之多的水。在多米尼加才待了一天,我们就离开了首都,搭乘一辆大巴前往内地。一路风景如画,尽管正在闹干旱,整个乡间,甚至房屋都蒙上了一层红土。我就在那儿,把一年来发生的所有变化都指给玛歌达看。新开的披萨饼连锁店和街头顽童兜售的小塑料袋装的水。我甚至还解说了历史遗迹。特鲁希略[①]和他的海军

[①] 拉斐尔·特鲁希略(1891—1961),曾任多米尼加总统(1930—1938,1942—1952),以铁腕进行独裁统治。在他统治期间,多米尼加经济飞速发展,现代化进程加快;但另一方面,由于政府的严重腐败和高压政策,受到诟病。因此后世对其褒贬不一。特鲁希略于1961年在首都圣多明各遇刺身亡。

陆战队伙计们就是在这儿剿匪的[①]；老总[②]曾经带他的情妇来这儿玩；巴拉格尔[③]就是在这儿把灵魂出卖给魔鬼的。玛歌达好像挺开心的。不时点头，有时还回答我的话。怎么说呢？我还以为我俩心心相印呢。

现在回想起来，那时其实也有情况不妙的迹象。首先，玛歌达素来不是沉默寡言的人。她说起话来滔滔不绝，简直是个小广播。过去我们常常这样：我举起手说，暂停，她就必须至少安静两分钟，好给我点时间，吸收吸收她刚才叽里呱啦讲的那一大堆话。她会感到尴尬、丧气，不过只要我说，好，继续，她一定会立刻重新叽里呱啦起来。

---

① 可能指特鲁希略统治时期的所谓"欧芹大屠杀"。多米尼加与海地两国在同一个岛上，但语言、种族、文化等差别甚大，且多米尼加历史上曾被海地占领，加之多米尼加经济远比海地发达，两国常有冲突和摩擦。1937年，特鲁希略命令军队消灭在多米尼加境内居住的海地人，史称"欧芹大屠杀"。从1937年10月2日晚上到10月8日，整整六天之间，多米尼加军队在靠近海地的边界处，只要看到肤色较深的人便全部拦下，拿出欧芹要对方用西班牙语发音，由于讲法语的海地人无法用西班牙语正确地说出欧芹名称（多米尼加人称之为perejil，海地人称之为pèsi），被辨认出的海地人全部当场遭到杀害，估计遇害的海地人约有一万七千人到三万五千人不等。特鲁希略政府声称此举是剿灭土匪。
② 老总（El Jefe）是特鲁希略的绰号。
③ 华金·巴拉格尔（1906—2002），多次担任多米尼加总统，是强硬的独裁者，其标志性名言为："宪法不过是一纸空文。"不过，巴拉格尔在执政期间大力推行环境保护政策，甚至以军队代替环保部门执行护林工作，采用强硬手段打击非法伐木者与垦荒者，发动了一场由上而下的环保运动，因此也得到一些好评。

或许我是兴致太高了。好几周来,我一直神经紧绷,拼命要挽回玛歌达,搞得心力交瘁,现在总算放松下来了。她坚持每天晚上都要和闺蜜联系(难道她们担心我会杀了玛歌达不成?),这让我挺不爽,但是,去他娘的,我还是感觉我俩挺相亲相爱的。

我们住在教廷大学[①]附近一家乌烟瘴气的平价旅馆。我站在阳台上,盯着北斗七星和停了电、漆黑一片的城市,这时忽然听见她在哭。我以为出了什么要紧的事情,赶紧找到手电筒,照向她那因为酷热而发胀的面庞。你没事吧?

她摇摇头。我不想待在这儿。

这话什么意思?

哪个字你听不懂?我——不——想——待——在——这——儿。

我认识的玛歌达可不是这个样子。我认识的玛歌达可是非常非常有礼貌的。她开门前都一定要敲门。

我差点喊出来:你他妈的到底在作什么作!但我没喊出来。最后我搂着她,哄着她,问她哪儿不舒服。她哭了很长时间,沉默了一阵子,然后开始说话了。这时电力供应已经恢复了。

---

① 全称"慈母与导师天主教教廷大学",是多米尼加的一所有教会背景的私立大学。

她说，她不想像个流浪汉似的东奔西跑。我以为我们会在海滩上度假呢，她说。

我们会去海滩的。后天就去。

我们不能现在就去吗？

我还能怎么办？她只穿着内衣，等我回话呢。于是我脱口而出：宝贝，你要怎么样，我们就怎么样，好吗？我打电话给拉罗马纳①的旅馆，问我们能不能早点入住。第二天早上，我们就坐公交快车去了首都，然后又换乘一辆，前往拉罗马纳。一路上，我俩互相都没有说话。她看上去精疲力竭，死盯着车窗外的世界，好像在等待世界跟她说话似的。

我们的"全多米尼加救赎之旅"进行到了第三天中午，我们住进了一座有空调的平房，待在屋里看 HBO 台。好不容易来趟圣多明各，却躲在混账的度假村屋里看美国电视，真是扯淡。玛歌达在读一本书，是个特拉普会②修士写的。我估计她情绪好了些。我坐在床边上，乱翻着屁用没有的地图。

我想，海滩度假村也来了，现在她总该开心了吧，也该让我尝点甜头了，亲热亲热。以前我和玛歌达对性都挺开放的，

---

① 拉罗马纳是多米尼加的第三大城市和旅游胜地，位于该国的东南部。
② 特拉普会是天主教熙笃派隐修会的一支，因创建于法国特拉普而得名，以苦修和缄默著称。多米尼加亦有特拉普会的修道院。

013

但自从上次闹僵,就尴尬起来了。首先,我们做爱不像以前那么有规律了。要是一周我能尝到一次甜头,就算走运了。我得亲亲抱抱,做足功夫才行,要不然想都别想。她那模样似乎挺受罪,好像根本不想做;有的时候她是真的不想要,我就只能忍气吞声;但有时她是想要的,我就得爱抚她——我都是这样做前戏的,就像说,来一次怎么样,宝贝?她会扭过头去,用无声的语言表示:我自尊心很强,不愿意屈服于你的兽欲,但如果你继续下去,我不会阻止你的。

今天我们开始亲热的时候很顺利,但搞到一半她突然说,等等,我们不能这样。

我问为什么。

她闭上眼睛,好像很羞愧。算了,她说,在我身下扭动。算了,不说了。

你知道我们在哪儿吗?"田园之家"度假村。充满火辣辣激情的度假胜地。一般人都会爱死这地方。这是岛上规模最大、最豪华的度假村,简直是座要塞,壁垒森严,和外界完全隔绝。到处是保安、孔雀,还有修剪成艺术造型的花木。度假村在美国做的广告上说,整个度假村是国中之国,这倒没有言过其实。它有自己的机场,有三十六洞的高尔夫球场,洁白如雪的沙滩让你不好意思下脚去踩。在这里能见到的多米尼加本地人,要么是富豪,要么是给你换床单的清洁工。这么说吧,我爷爷一辈子也没来过这么奢侈的地方,你爷爷也没来过。像加西亚、科隆那样的富人在压榨群众压榨累了之后就会来这儿休闲;大佬们在这里和国外同行切磋。像咱这样穷人家的孩子如果在这地方待的时间太长,沾上点铜臭,就会被贫民区视为敌人了。

我们大清早起来,在明媚晨光中吃自助餐,服务员都是些穿着杰米玛阿姨①服饰、快快活活的女人。我可没扯淡:这些姐们儿甚至头上也要扎手绢来扮演杰米玛阿姨。玛歌达在给她家人写明信片。我想跟她谈谈昨天的事,但我刚开口,她就放下了笔,猛地戴上了墨镜。

我感觉你在给我压力。

我怎么给你压力啦?我问道。

我就是希望有时能有点自己的时间。每次和你在一起,我都感觉你想从我这儿索取什么。

你自己的时间,我说道,这是啥意思?

比如,一天当中有个时间,你做你的事情,我做我的,互

---

① "杰米玛阿姨"是美国的食品品牌。杰米玛阿姨的形象是个快活的黑人大妈。在19世纪下半叶美国南方的一些歌舞表演中就有杰米玛阿姨的形象。

不干扰。

比如什么时候？现在吗？

不一定要现在。她看上去挺恼火。我们干吗不去海滩？

我们走向免费使用的高尔夫球车时，我说，我感觉你瞧不起我的整个国家，玛歌达。

别搞笑了。她把一只手放到我大腿上。我就是想放松放松。这也不行吗？

太阳亮得耀眼，大海蓝得令人难以置信。"田园之家"的海滩美不胜收，而岛上其他地区丑不胜收、不堪入目。在"田园之家"，没人跳梅朗格舞①，没有小孩子乱窜，没有小贩硬要卖油炸猪油脆皮给你，这儿的黑皮肤人也非常少。每隔五十英尺至少有一个混账欧洲佬躺在毛巾上晒日光浴，就像被大海呕吐到岸上的瘆人的苍白怪物。他们看上去像是哲学教授、低配版福柯，大多数人身边都有黝黑皮肤的多米尼加小妞陪着。说真的，这些妞儿看上去顶多十六岁，但个个都是老于世故的样子。小妞们和白佬语言不通，没法交谈，所以肯定不是在塞纳河左岸②认识的。

---

① 梅朗格舞是多米尼加的一种舞蹈，曾被特鲁希略定为国舞。
② 塞纳河将巴黎市分为左右两岸。巴黎人将塞纳河以北称为右岸，那里有许多高级百货商店、精品店及大酒店；而塞纳河以南称为左岸，有许多学院及文化教育机构，人文气息较浓。

玛歌达穿着一件酷炫的金黄色比基尼，是她的闺蜜帮她挑的，为的就是折磨我。我穿的是一件旧的运动短裤，上面有"永远的桑迪胡克！"①字样。我不得不承认，现在玛歌达半裸身子走在公共场合，让我感觉很脆弱，很紧张。我把手放到她的膝盖上。我就想听你说你爱我。

别这样好不好，尤尼奥。

那你能说你非常喜欢我吗？

你能不能别烦我？神经！

烈日晒得我油黑发亮，和白沙滩的颜色形成鲜明对照。我和玛歌达在一起的感觉让我心灰意冷。我们看上去根本不像一对情侣。她一个微笑，就能让黑佬们神魂颠倒，跪地求婚；我微笑的时候，大家都攥紧自己的钱包。我们在度假村的全过程，玛歌达一直像个明星，艳光四射。你知道，和只有八分之一黑人血统的美丽女友到岛上，会遇到什么状况。男人们看到她都要发疯了。公交车上，男人们厚颜无耻地往她身上凑：妹子，你真漂亮！每次我下海游泳，就有来自地中海边的色狼过来向她献殷勤。我当然控制不住火气了。给我滚，流氓！我们是来度蜜月的。有个脸皮特别厚的恶棍居然在

---

① 桑迪胡克是新泽西州海边的一处沙洲或海滩，为旅游度假胜地。

我们旁边坐下来,向她展示自己的胸毛。而她,按说不应该搭理这贱人的,但居然和他聊了起来。这人原来也是多米尼加人,家住多米尼加高地①,自称是个热爱多米尼加同胞的地区副检察官。我做他们的检察官对他们有好处,他说,至少我理解他们。我感觉,他就像是旧社会白人主子的黑人狗腿子一样。过了三分钟,我受不了了,说道,玛歌达,别跟这混蛋讲话。

地区副检察官吃了一惊。你不会是在说我吧。

老子说的就是你。我说。

真是难以置信。玛歌达站了起来,两腿僵硬地走向海边。她屁股上沾的沙子呈半月形。真他妈的伤心啊。

那流氓在向我说着什么,但我一个字也听不进去。我已经知道,她重新坐下来时会说什么了:现在你做你的事情,我做我的,互不干扰。

那天夜里,我在游泳池和当地酒吧"酋长俱乐部"周围转来转去,四下都看不到玛歌达的影子。我遇见一个从纽约市西面来的多米尼加姑娘。她当然非常酷炫。有印第安、西班牙和

---

① 多米尼加高地是纽约曼哈顿的一个社区,其实叫作"华盛顿高地",但因为有很多多米尼加人住在此地,常被称为"多米尼加高地"。

非洲三种血统，头发烫的造型在戴克曼街[①]这一边也算是惊世骇俗了。她叫露茜。她在和三个十多岁的小表妹一起玩。她脱掉浴袍跳进游泳池时，我看见她肚子上有蜘蛛网一样密密麻麻的疤痕。

在吧台我还遇见两个年纪大一些的有钱哥们儿，正在喝干邑白兰地。他们一个自称"副总裁"，另外一个叫"蛮子"，是他的保镖。我脸上一定是闷闷不乐、刚遇到灾难的熊样。他们听我倾诉自己的烦恼，仿佛他俩是一对黑帮匪徒，在竖着耳朵听我讲要杀人。他们对我深表同情。外面酷热难当，成群蚊子嗡嗡嗡，好像它们马上就要统治世界似的。但这两个家伙都穿着贵得吓人的正装，蛮子甚至还戴着条紫色阿斯科特式宽领带。他自己吹牛说，曾经有个当兵的想把他的脖子锯断，现在他戴领带就是为了遮住伤疤。我可是很低调的，他说道。

我走到一边，打电话到我们的房间，玛歌达不在。我到前台去问，她也没有给我留信息。我只得返回吧台，强作笑颜。

副总裁年纪不大，也就三十七八。虽然贼溜溜的，但还挺酷。他建议我重新找个女人，找个漂亮的黑女人。我想到了卡珊德拉。

[①] 戴克曼街在"华盛顿高地"多米尼加社区的边界上。

副总裁挥挥手,一眨眼工夫就有人变戏法似的端上几杯巴塞罗酒①。

让对方吃醋是泡妞的必杀技,**副总裁说**,我在雪城②上大学的时候就学会了这一招。你和另外一个女人跳舞,跳梅朗格舞,你的姑娘看见了肯定会刺激得受不了啦。

也许会动粗呢。

怎么,她打你了?

我刚告诉她和卡珊德拉的事的时候,她当场甩了我一个大耳刮子。

但是,老弟,你干嘛要告诉她呢?蛮子问道,你为什么不抵赖?

伙计,我倒是能抵赖得过去啊,她收到了一封信,铁证如山。

副总裁无比灿烂地笑起来,我能看得出,他为什么能当上副总裁。等我回家之后,把这些鸟事全告诉我妈,她会告诉我这家伙究竟是什么公司的副总裁。

打是亲,骂是爱嘛,他说。

阿门,蛮子喃喃地说,阿门。

---

① 巴塞罗酒是多米尼加产的一种朗姆酒。
② 雪城大学(Syracuse University)是纽约州的著名私立大学。

玛歌达的所有闺蜜都说，我背叛她是因为我这个多米尼加男人狗改不了吃屎，所有多米尼加男人都是渣男，都不值得信任。我不能代表所有多米尼加男人，但我怀疑，她们也不能给所有多米尼加男人都戴这顶帽子。从我的角度看，我干下这件坏事不是因为遗传，而是有原因的，有因果关系的。

事实上，世界上任何一对情侣的关系都不可能永远一帆风顺。我和玛歌达就遇到过干扰。

那时我住在布鲁克林，她和家人一起住在泽西市。我们天天打电话给对方，周末见面。通常是我去她那儿。我们过的是典型的泽西人的生活：逛商场、看望父母、看电影，还有就是看很多电视。我们俩谈了一年恋爱之后，到了这程度。我们的爱情没有风花雪月，但也绝非平淡无趣。尤其是在周六早晨，在我的公寓里，她会按野营的做法煮咖啡，用那种像袜子一样的东西过滤咖啡，这光景可温馨了。她前一天晚上告诉父母说，要到柯莱莉贝家过夜。她父母肯定知道她其实在我这儿，但什么都没说过。我起床很晚，她会看着书，在我背上慢慢画着弧线，给我挠痒。我准备起床的时候就开始吻她，直到她娇喘着说，尤尼奥，看你把人家弄得……

我没有不幸福，也没有像某些黑佬一样疯狂地追逐女人。

当然了，我也会注意其他女人，出去玩的时候还和她们跳舞，但我也没有到处乱搞。

然而，每周只能见一次，的确能让人的激情冷却。开始时我还没注意到这一点，但有一天，单位来了个新人，是个大臀妞儿，口齿伶俐，几乎一来就开始腻歪我，摸我的胸肌，唉声叹气地说她在和一个黑人谈恋爱，那家伙根本不把她当人待，还说，黑人根本就不懂西班牙裔姑娘的心。

她叫卡珊德拉。她组织赌球，喜欢在打电话的时候做填字游戏，还喜欢穿牛仔裙。我和她渐渐开始一起吃午饭，一起聊天。我建议她把那个黑男友甩掉，她建议我找个那方面厉害的女朋友。我刚认识她一周，就犯了个错误，告诉她说，我和玛歌达的床事从来都不是特别爽。

老天，我真可怜你，卡珊德拉说，我的鲁伯特虽然不是个好东西，但那方面顶呱呱。

和卡珊德拉第一次上床的那夜（的确一流，没有瞎吹），我内疚得要命，怎么也睡不着觉，尽管卡珊德拉躺在我身边的感觉真是棒极了。我心里想，玛歌达会不会知道我在乱搞了，于是在床上打电话给她，问她怎么样。

你声音怎么怪怪的，她说道。

我记得卡珊德拉把热腾腾的肉抵在我腿上，我在电话上说，我就是想你了。

又是一个美妙无比、阳光明媚的加勒比海边的日子。玛歌达除了"把乳液递给我"之外，一句话也没对我说。今天晚上，度假村里要开派对。所有客人都接到了邀请。要求穿半正式服装，但我没有那种衣服，也没有好好打扮的劲头。但玛歌达既有好衣服，劲头又特别足。她穿上紧紧贴身、金光闪闪的裤子和搭配好的袒肩露背露腰的短上衣，露出脐环。她的头发炫亮无比，漆黑如夜空。我还记得，我第一次亲吻她的鬓发时，曾经问她，星星在哪里？她答道，在下面一点，宝贝。

我们俩都站在镜子前。我穿的是宽松的休闲裤和带褶裥的恰卡瓦纳衬衣①。她在涂口红；我一直相信，宇宙是专门为了拉丁裔女人才发明红色的。

我们俩都挺好看，她说。

说得对。我重新乐观起来了。我想，今晚一定能和她冰释前嫌。我伸手去搂她，不料她眼睛都不眨就说，今晚她需要自

---

① 一种宽松、舒适、胸前打褶的四兜衬衣，在拉美和加勒比地区随处可见，一般叫作"瓜亚贝拉衬衣"，只有在多米尼加被称为恰卡瓦纳衬衣。

己的空间。我的心一下子冰凉冰凉的。

我放开了手。

我就知道你会生气,她说。

你是个贱货,你自己也知道。

我压根不想来这儿。是你非要把我弄来的。

你要是不想来,怎么他妈的连说出来的胆子都没有?

如此这般,最后我说,混蛋,然后就冲了出去。我感觉自己被釜底抽薪,不知道接下来会怎么样。现在是最终摊牌的时刻了,我没有尽自己最大的努力,没有洗心革面,却顾影自怜起来,就像舞会上没人约跳舞的可怜虫。我脑子里一直乱哄哄地转悠,我不是坏人,我不是坏人。

酋长俱乐部挤得水泄不通。我在找那个叫露茜的女孩。没遇见她,却找到了副总裁和蛮子。他们在吧台比较安静的那一头喝干邑白兰地,争论在棒球大联盟里究竟有五十六个还是五十七个多米尼加人[①]。他们给我让出点地方,拍拍我的肩膀。

这地方我真他妈受不了,我说。

[①] 多米尼加是传统的棒球强国。美国大联盟球员中,除了美国本土球员外,人数最多的族裔就是多米尼加人。2007年美国职棒票选最有价值球员前四名选手当中,来自多米尼加的选手就占了三名。多米尼加出口棒球选手甚多,每年都有新秀选手在美国成名。据2009年的统计,共有81位多米尼加球员在美国大联盟打球,在美国818位职棒球员中占了十分之一强。

还真有戏剧性。副总裁伸手到正装口袋里掏钥匙。他穿的是那种看上去像编织拖鞋的意大利皮鞋。想不想和我们一起兜兜风？

行啊，我说，干吗不呢？

我带你去看看我们国家的发祥地。

我们离开俱乐部前，我往人群里张望了一下。露茜已经来了。她穿着件酷炫的黑裙子，一个人待在吧台角落。她兴奋地微笑，抬起胳膊，我能看得见她腋下没刮干净的黑茬子。她的衣服上有汗湿的印迹，美丽的胳膊上有蚊子咬出的包。我很想留下，但身不由己地走出了俱乐部。

我们挤进一辆外交官常用的那种黑色宝马车。我和蛮子坐在后座，副总裁在前面开车。我们离开了"田园之家"和喧嚣的拉罗马纳城，很快就来到乡间，空气中尽是榨过的甘蔗的甜味。路上黑咕隆咚，真他妈一盏路灯都没有。在我们的车灯光中，成群小虫子在飞舞，就像是《圣经》记载的灾害。我们把干邑白兰地传来传去地喝。我和一个副总裁在一起呢，管他妈的。

他在喋喋不休，讲他在纽约州北部的事情。蛮子也在不停说话。保镖的正装已经揉皱了，他抽烟的时候手直抖。这也算是保镖。他跟我说，他是在圣胡安省长大的，离多米尼加和海地的边境不远。利波里奥[①]的老家。他说,我小时候想当工程师。我想给老百姓盖学校和医院。我没有听他废话,我在想玛歌达。我恐怕永远也尝不到她那胴体的滋味了。

然后我们下了车,跌跌撞撞地爬上一座山坡,穿过灌木丛、香蕉树丛和成片竹子。蚊子多得惊人,简直把我们生吞活剥了,就好像我们是今日特色菜似的。蛮子拿着个巨大的手电筒,真是驱散黑暗的大杀器。副总裁骂骂咧咧,重重地踩着矮树丛,说,就在这附近什么地方。我在办公室里坐得太久了,连这个都找不到了。直到这时我才注意到,蛮子手里拿着一挺巨大的机枪,他的手也不抖了。他没有看我,也没有看副总裁,光是在仔细听。我倒是没有害怕,但这也有点太变态了吧。

这是什么型号的枪?我努力搭话。

P-90[②]。

那是他妈的什么东西?

旧瓶装新酒。

[①] 奥利维里奥·马泰奥·莱德斯玛("利波利奥")是多米尼加历史上的传奇人物。利波里奥于1867年出生于圣胡安省北部的奴隶家庭,后来自称得到上帝启示,可用巫术治病,吸引到了一大批穷苦农民追随者,啸聚山林,打家劫舍。1922年6月27日,利波里奥被政府军击毙。在他的追随者心中,利波里奥肉身虽死,精神永存,并且一定会再次回来完成他除暴安良的使命。

[②] 是一种比利时制冲锋枪(尽管作者称其为机枪),目前很多国家的特种部队、反恐单位和警方多有配备。

了不得,我想,还真哲学。

在这边,副总裁喊道。

我蹑手蹑脚走过去,看到他站在一个大坑边上。都是红土,是铝矾土。那大坑比我们所有人的皮肤都更漆黑。

这就是哈瓜树洞穴①,副总裁用深沉、庄重的语气宣布道,台诺人②的发祥地。

我抬起眉头。我以为台诺人是南美的呢。

我这是从神话层面上讲。

蛮子拿手电筒往坑里找,但也没什么改观。

你想不想看看底下?副总裁问我。

我肯定说是了,因为蛮子把手电筒塞到我手里,然后他们俩就抓住我的脚踝,把我放到坑里。我口袋里的硬币全都飞出

---

① 哈瓜树洞穴是多米尼加所在的伊斯帕尼奥拉岛的原住民台诺人的历史遗迹,位于拉罗马纳城附近。之所以叫哈瓜树洞穴,是因为山洞前有很多哈瓜树(也称美洲格尼帕树,其果实多汁,有兴奋作用,也可以涂在皮肤表面防蚊虫),现在也叫"奇迹之洞",内有超过472个岩画象形文字和19幅新石器时代岩画,由台诺人在八百到一千年前创造。1972年,多米尼加考古学家马尔西奥·贝罗斯·马西奥罗对这些图像做了考证。象形文字图像有猫头鹰、蛇、神,甚至有一个被认为是西班牙征服者的脸。尤尼奥看到的颜色奇怪的东西应当就是岩画。
② 台诺人是多米尼加所在的伊斯帕尼奥拉岛的原住民,后被西班牙殖民者奴役和迫害,且因无法抵御欧洲人带来的天花等疾病,现已完全灭绝。今天的多米尼加人主要是西班牙人与黑人的混血。

去了。老天保佑。底下看不到什么,只看得见饱经侵蚀的坑壁上有些奇怪颜色的东西。副总裁向下喊,是不是美极了?

这真是让人反思自我、改过自新的绝佳场所。在这黑暗中,副总裁可能幻想到未来的自己:强拆贫民区,开发房地产;蛮子也在幻想——孝敬亲娘,给她老人家买座混凝土的好房子,教她怎么用空调。但我脑子里想到的,全是我和玛歌达第一次交谈的情景。那是在罗格斯大学。我们在乔治街一起等电动大巴,当时她穿的是紫色衣服。各式各样的紫色。

就在这时,我意识到,我和玛歌达的关系彻底完蛋了。你一开始回想开端,就说明结局已经到了。

我放声大哭,他们把我拉上去的时候,副总裁恼火地说,老天爷,你看你那个熊样。

这肯定是什么货真价实的岛屿巫毒①魔法:我在坑里看到的未来,果然成真了。第二天我和玛歌达就回了美国。五个月后,我收到了玛歌达的一封信。这时我虽然有了个新的女朋友,但亲眼看到玛歌达的笔迹,还是让我伤心欲绝。

玛歌达在信里写道,她也开始了一段新的感情。是个很好

---

① 流行于西非和加勒比海地区的一种糅合祖先崇拜、万物有灵论和通灵术的原始宗教。

的男人。和我一样，是多米尼加人。只不过，他是真爱我，她写道。

这是后话了。在故事结尾，我得让你看清楚，我傻到了什么程度。

那天夜里我回到房间时，发现玛歌达在等我。她的行李都收拾好了。她看上去像是大哭过一场。

我明天要回家，她说。

我在她身旁坐下。拉住她的手。会好的，我说。

只要我们两个人一起努力。

妮尔达

妮尔达曾经是我哥的女朋友。

这类故事都是这么开始的。

她是多米尼加裔美国人,头发超长,就跟那些个五旬节派教会①的姑娘似的,胸大得能让你眼珠子夺眶而出——的确是世界级大波。平时妈上床睡觉之后,拉法就偷偷地把妮尔达领进我们家地下室的卧房,两人在收音机节目的伴奏下做爱。他俩也只能让我跟他们一起待在地下室,因为要是妈发现我在楼上沙发上过夜,非把我们仨的皮剥了不可。再说我可不能在外面灌木丛里睡觉,所以就只能这么窘着了。

他俩做的时候,拉法倒是一声不吭,只会呼哧呼哧喘气。妮尔达叫得就厉害了。似乎在整个过程中,她一直在努力憋气,免得嚎出来。听她的叫床声真是让人抓狂。妮尔达从小和我一

---

① 五旬节派教会是19世纪末20世纪初在美国兴起的一种基督教新教派别,因主张教徒在五旬节接受使徒圣灵的传统而得名。

起长大,她过去可是最文静的女孩之一。那时的她总是用长发遮住脸颊,看《新变异英雄》①。只有望着窗外的时候,她的眼睛才会直视前方。

那时的她还是个小孩子,胸部还没挺拔起来,乌黑的头发还是顽皮孩子们在公交车上捣蛋时拉扯的目标,而不是男人在黑暗中爱抚的对象。新的妮尔达穿着弹力裤和铁娘子乐队②的衬衫;她已经离家出走,流落到了一个团体家庭③;她已经和托尼奥、奈斯托尔,还有从帕克伍德④来的小安东尼上过床,那些家伙年纪都比较大一些。她也常跑到我们家过夜,因为她讨厌她妈——那个本地闻名的臭酒鬼。早上,她总是抢在我妈醒来之前溜出去,然后在公交车站等着,装模作样,好像是从自己家里过来的那样,衣服也没换,头发油腻腻的,所有人都认为她是个下流货。她等我哥哥来,一直不和别人说话,当然也

---

① 《新变异英雄》是漫威公司于20世纪80年代出版的超级英雄题材系列漫画,是《X战警》系列的衍生作品,讲述一群少年超级英雄的故事。
② 铁娘子乐队是源自英国伦敦东区的重金属乐队,1975年成立,是重金属乐界最成功与最具影响力的乐队之一。
③ 团体家庭是一种为患有慢性疾病的儿童和成年人提供服务的私人住宅,通常最多居住六人,由二十四小时工作的专业护理人员负责照料生活起居。但在实际运作中,团体家庭种类繁多,并不局限于服务精神或身体残疾者。正在戒酒戒毒的瘾君子、有行为或情感问题的年轻人、背负犯罪记录的少年犯,都可以在此寻得庇护。
④ 位于新泽西州埃迪森。

没人肯搭理她，因为她一直是那种木木的、有点脑残的女孩，你要是和她搭上腔，她肯定马上就哇哩哇啦地讲一大堆无聊故事，唾沫星子能把你淹死。如果拉法这一天不想上学，她就在我们家附近一直等到我妈去上班。有时我妈前脚刚走，拉法就把妮尔达拉进屋去。有时他睡过了头，她就在街对面等着，用小石子在地上摆画字母，打发时间，直到她能看见拉法走过起居室。

妮尔达的嘴唇很厚，看上去傻乎乎的，长着一张可怜兮兮的大圆脸，皮肤也干巴巴的。她总是一边往皮肤上搽润肤液，一边骂把糟糕皮肤遗传给她的黑皮肤老爸。

她似乎永远在等我哥。夜间她会来敲门，我给她打开门，然后我们俩就坐在沙发上，等拉法回来。他要么是在地毯厂干活，要么是在健身房锻炼。我会把自己最新的漫画书拿给她看，她会把眼睛凑上去读，但拉法一露面，她就一下子把漫画书扔到我腿上，扑进他的怀抱。我想你了，她会用小姑娘的嗲腔对他这么说。这时拉法会开心地大笑起来。你真该看看他那阵子的模样：脸上骨头突出得好明显，瘦得跟圣徒似的。这时妈妈的房间门打开了，拉法从妮尔达的怀抱里脱身，像个牛仔似的大摇大摆地走过去问，老妈，有吃的吗？当然有咯，妈妈一边摸索着戴上眼镜，一边说。

我们所有人都爱他，只有像他那么帅气的黑小伙儿才会处处讨人喜欢。

有一次，拉法下班比较晚，我和妮尔达一起在屋里单独待了很长时间。我问她那个团体家庭的情况。那时候离学年结束只剩三周了，所以大家都进入了躺平的阶段。我当时十四岁，正在第二遍读《达尔格伦》①。我智力超群；但如果能拿这智商换一副还算说得过去的帅脸，我连一秒钟都不会犹豫。

那儿还挺酷的，她说。她拉扯着露背小背心的前端，让胸部透透气。伙食很糟糕，但那边有很多帅哥。他们都想要我。

她开始咬指甲。她说，我走后，就连那儿的工作人员也打电话找我。

拉法追妮尔达的唯一原因是，他的上一个正儿八经的女朋友回圭亚那去了——那是个非洲裔和印度裔混血的姑娘，两道眉毛连成一条线，皮肤娇嫩可人——而恰好此时妮尔达主动来

---

① 《达尔格伦》是美国科幻小说作家塞缪尔·德雷尼于1975年写的长篇科幻小说，自问世起便颇受争议，被同时誉为"当代最杰出的科幻小说"和"难以卒读的垃圾"。该书涉及的主题十分广泛，同时，德雷尼运用了现代主义的意识流手法，建立了极其复杂的故事结构，因此给读者造成了不小的阅读障碍，使得《达尔格伦》成为如乔伊斯的《尤利西斯》一般需要深度分析的艰深作品。也有人将其与托马斯·品钦的《万有引力之虹》相提并论。

腻歪他。那时她从团体家庭回来才几个月时间，街坊里已经人人都知道她是个骚货了。城里不少多米尼加女孩都被家里管得死死的，我们在公交车上、学校里，也许还有帕斯玛[①]能看见她们，但是大多数家长都很清楚，咱这些在大街上游荡的小流氓都是些什么货色，所以不准他们的宝贝闺女和我们玩。妮尔达不属于这一类体面人家的姑娘。那些年里，我们把她这种人称为"棕皮垃圾"。她母亲是个下三滥的醉鬼，老是和她那些白人男朋友在南安博伊[②]瞎逛，总不管女儿，所以妮尔达想和谁混，就和谁混。她老是搔首弄姿、打情骂俏。所以也老有人开车在她身边停下，好勾搭她。我还不知道她已经从团体家庭回来了呢，就有个住在街后公寓的老黑佬把她包养了下来。她在那儿住了差不多有四个月时间，我送报纸的时候常能看见他们开着他那辆锈迹斑斑、破破烂烂的太阳鸟汽车四处晃荡。那老不死的看上去简直像千年老妖，但他有自己的车，有一大把唱片，还有在越南打仗时留下的照片集子，而且还舍得花钱给妮尔达买新衣服，好换下她以前穿的烂玩意儿，所以妮尔达被他骗得滴溜溜转。

---

① 帕斯玛是美国特拉华、新泽西、纽约、宾夕法尼亚等州的大型连锁超市。
② 南安博伊是新泽西州的一座城镇。

我对这老黑佬恨之入骨，但在男女关系这方面，你说啥妮尔达都听不进去。我有时会问她，你们家那个老衰人怎么样啦？她会气得七窍生烟，一连几天都不肯跟我说话，然后我会收到她写的这么个条子：我希望你尊重我家男人。我会这样回：去他妈的。后来那老东西销声匿迹了，没人知道溜哪儿去了，这种鸟事在咱这个社区也算家常便饭了。一连几个月，她就在帕克伍德的好多男人之间周旋，像个皮球似的被踢来踢去。周四是我买漫画书的日子，每逢这天她就跑来，看我买了些什么新书，然后向我大倒苦水，说她的日子过得多么惨。我们就一直这么坐到天黑，这时她的传呼机就嘀嘀嘀响个不停，她瞅瞅那小屏幕，说，我得走啦。有时我能把她拖住，一把拉回到沙发上来，然后我们就在那儿坐上好长时间。我呢，在等她爱上我，她不知道在等啥。但有的时候她会一脸严肃。我得去看我老公，她会这么说。

有这么一个买漫画书的日子，她看见了我哥刚跑完五英里回来。那时候拉法还在玩拳击，身上伤疤累累，胸膛和腹部肌肉一块一块，鼓绷绷的，简直像是佛列兹塔[①]画出来的。他注意

---

① 弗兰克·佛列兹塔（1928—2010）是美国传奇式的漫画家、插画家，也是奇幻画派的先驱，影响甚广。佛列兹塔对人体的肌理表现扎实，油画作品生动、充满力度，也有一种旧日时光的优雅。

到她，是因为她穿着短得荒唐的短裤和轻薄得连个喷嚏都挡不住的小背心，露出了一截肚皮。他对她笑了笑，她就严肃起来，窘得要命。他叫她去弄点冰茶给他，她说，你自己弄。你这是在我家，他说，你他妈的就得干点活，我们又不能白养着你。然后他去洗澡，前脚刚走，她就在厨房里开始搅拌冰茶了。我叫她别干，她说，没事儿，我自己还想喝呢。后来我们把冰茶喝了个精光。

我想给她敲个警钟，告诉她，拉法可不是什么好鸟，但她已经爱他爱得神魂颠倒啦。

第二天拉法的车坏了——你说巧不巧吧——所以他坐公交车去上学。他经过我和妮尔达的座位时，一把抓住她的手，把她拉了起来。她说，别碰我。她直直地盯着脚底下。我就是有点东西要给你看，他说。她的两手还在挣扎，但其实内心已经准备好跟他去了。来啊，拉法说道，最后她就这么跟过去了。她转脸对我说，帮我占着座位。于是我回答，放心吧。汽车还没开上516号公路①，妮尔达就已经坐到我哥大腿上了。他一只手摸她，简直像在给她动手术似的。我们下车时，拉法把我拽到一边，把手伸到我鼻子底下。闻闻，他说。

---

① 美国新泽西州516号县级公路，途经老桥镇，迪亚斯曾在这里上中学，对这一地区非常熟悉。

那天的余下时间里，你根本都接近不了妮尔达。她的头发梳到了脑后，春风得意，喜气洋洋。就连那些白妞也知道我那个肌肉发达、马上就要升高三的哥哥，所以对妮尔达肃然起敬。妮尔达坐在我们的午餐餐桌一端，和一些女生窃窃私语的时候，我和我的哥们儿嚼着垃圾味儿的三明治，在讨论X战警——那时候X战警还挺火的——虽然我们不愿承认，但残酷的事实正明晃晃地摆在我们眼前：所有漂亮的妞儿都要升高中了，就像一群飞蛾争先恐后扑向灯光似的，我们这些小家伙是什么辙也没有啦。妮尔达抛下咱们几个伙计，最受打击的是我的哥们儿何塞·内格隆（也叫黑乔伊），因为他是当真以为自己有机会能追到她的。她刚从团体家庭回来的时候，他就在公交车上拉过她的手，虽然后来她跟了别人，但他一直对她念念不忘。

三天后的那个夜里，她和拉法干那事的时候，我就在地下室里。那是他们第一次做，两人都没出声。

他们拍拖了一整个夏天。我不记得出过什么轰轰烈烈的事情。我和我那几个可怜巴巴的伙计远足去了摩根溪，在那儿游泳，尽管水里尽是垃圾填埋场排放出来的沥水味儿。那一年我们开始喜欢上喝酒，黑乔伊就偷了他爸藏的不少酒，我们就坐在公寓后面的秋千上一瓶瓶地喝。因为天气炎热，再加上我心里堵得慌,我就经常跟我哥和妮尔达三个人坐在床上,消磨时间。拉法一直有气无力的样子,而且脸色煞白:就几天的工夫他就成了这副惨样。我那时常开他的玩笑,看你那样,跟白小子似的;他会回答,看你那样,丑八怪黑佬。那阵子他干什么都没劲头,而且他的车彻底报废了,所以我们仨就经常坐在有空调的屋里看电视。拉法决定不去读高三了,虽然妈妈的心都伤透了,一天到晚数落他,希望他会内疚,回心转意,但他就是不肯读书了,反正他也不是读书的料。爸爸和一个二十五岁的小娘们儿私奔之后,拉法就更觉得他不用装好孩子了。我想去很远的地方,他告诉我们,去看看加利福尼亚啥样,趁它还没被大海淹没。加利福尼亚,我说。加利福尼亚,他说。就连黑佬在那儿也能混出点名堂来。我也想去,妮尔达说,但拉法没回答她。他闭上了眼睛,你能看得出,他很痛苦。

我们很少谈到我们的父亲。他走了之后就没人揍我,我就挺开心了,但父亲最后一次彻底地离家出走的时候,我问我哥,知不知道爸爸在哪儿。拉法回答说,关我屁事。

没别的话了。世世代代、永永远远[①]。

伙计们实在闲得发慌的时候,就浩浩荡荡地去游泳池玩,

---

① 典出《圣经·新约·以弗所书》3:21。

还不用花钱,因为拉法和其中一个救生员是哥们儿。我在那儿游泳,妮尔达就穿着比基尼在泳池边转悠来转悠去,好炫耀她的好身材,拉法则懒洋洋地躺在遮阳棚底下,将这美景尽收眼底。有时候他叫我过去,我就和他一起坐一会儿,然后他闭上眼睛,我就盯着自己土灰色腿上的水逐渐干掉,然后他会叫我再回去游一会儿。妮尔达转悠完了,就回到拉法躺的地方,跪在他身旁,俩人就缠绵起来,他久久地吻着她,双手在她背上摸来摸去。他那双手似乎在说(至少是对我说),小辣妹的身材就是劲爆,就是爽。

黑乔伊总是看着他俩。哇塞,他喃喃地说,这妞儿真正点,让我舔她哪儿我也情愿,完事了告诉你们这些黑佬,那是啥滋味。

如果我不了解拉法的秉性的话,或许还会认为,他和妮尔达是绝配。他看上去可能是爱上了妮尔达,但他这人一贯招蜂引蝶,有好多女孩子爱他爱得发狂呢。比如塞尔维尔[1]的那个下三滥白妞;还有新阿姆斯特丹村[2]的那个黑妞儿,她也在我们家过过夜,他们俩做的时候,她叫得那个响,就像有货运列车轰隆隆开过似的。我不记得她名字叫啥了,但记得她的烫发在我

---

[1] 塞尔维尔是新泽西州的城镇。
[2] 新阿姆斯特丹村在新泽西州的南安博伊附近。

们家夜灯下的闪光。

八月份,拉法辞掉了在地毯厂的工作。我他妈累得要死,他抱怨道。有时早上一起来,他的腿骨剧痛难忍,简直没法从床上爬起来。古罗马人有种刑罚,就是用铁棒打断人的这个部位,我帮他按摩胫骨的时候说。这刑罚当场就能把人给疼死。那可真牛,他说道,你再给我多说点好听的啊,你这混账。有一天,妈妈带他去医院做检查,后来我看见他俩都穿得一本正经的,坐在沙发上看电视,就像啥事都没有似的。他们拉着手。在他这个大个子旁边,妈妈看上去好小。

检查怎么样?

拉法耸耸肩。医生说我贫血。

贫血不算什么大毛病。

嗯,拉法苦笑着说。上帝保佑医疗补助[1]。

在电视的光亮里,他形容枯槁、面黄肌瘦。

那个暑假是我们成长的一个重大转折点。女孩子们开始对

---

[1] 医疗补助(Medicaid)是美国医保系统的一部分,由联邦和各州政府共同出资,面向公民或合法永久居留人口,为低收入或某些重症及残障人士提供医疗方面的保障。其标准较为严格,并非所有穷人都能享受。医疗补助与医疗保险(Medicare)不同,后者是联邦政府发起的仅服务老人及残疾人的医保。

我感兴趣了；我长得不帅，但我擅长倾听，而且胳膊上肌肉发达，跟拳击手似的。要是换个环境，我也许能出人头地，有妹子有工作，更有一片爱的海洋让我自由徜徉。但在咱们这个操蛋的现实世界里，我哥已是癌症晚期①，等待我的是漫漫艰辛路。

有天夜里（那时离开学还有几周），他们肯定以为我睡着了，妮尔达开始跟拉法讲她对未来的计划。我想就连她也知道下面会发生什么事情了。听她在那儿憧憬未来，真是让人心酸透顶。她说她想摆脱醉鬼妈妈，然后开一个团体家庭，帮助离家出走的孩子。但我开的团体家庭会超级棒，她说，只收那些惹上了点麻烦的正常孩子。妮尔达肯定非常爱拉法，因为她一直说个不停。我听很多人说过什么心流体验②，但那一夜我真真切切地感受到，妮尔达把全身心都倾注在了对未来的美好憧憬中，一刻不停地挣扎着、奋斗着。拉法一言不发。或许他把手插在了她头发里，或者心里在想，去你的吧。她说完后，他甚至都没表示一下赞叹。我真是尴尬得要命。大概半个钟头之后，她起了床，穿上衣服。她看不见我，否则她一定会意识到，我

---

① 本书作者朱诺·迪亚斯的一个哥哥患有白血病，所以这个故事或许有自传色彩。哥哥的重病对少年迪亚斯的生活产生了很大影响。在哥哥住院期间，迪亚斯经常写信给他，描述家人的生活和街坊的变化。在接受采访时，迪亚斯称，这就是他写作生涯的源起。
② 心理学上的一种说法，指将个人精神力完全投注在某种活动上的感觉，心流产生时会有高度的兴奋及充实感。

多么仰慕她,在我眼里她是多么美。她两脚伸进裤筒,一下子把裤腰拉上来,扣纽扣的时候吸气收腹。再见吧,她说。

嗯,他说。

她出门后,他打开收音机,开始猛击速度球①。我不再假装熟睡,坐起身来看他。

你们俩吵架了还是咋的?

没吵,他说。

那她怎么走了?

他在我的床边坐下。他的胸膛在出汗。她非走不可。

那她住在哪儿呢?

不知道。他将手轻轻地放在我脸上。你最好少管闲事。

一周后,他换了个女朋友。她来自特立尼达,是西班牙、印第安和黑人混血,一口让人浑身起鸡皮疙瘩的英国口音。那时候的我们都是这个样子:没人想当黑佬,死也不想。

后来大约过了两年。我哥已经死了,而我呢,快变成呆子了。我大部分时间都不去上学,也没什么朋友,就蹲在家里看Univision②,或者走到垃圾场,抽大麻(我本该把它们卖掉换钱

---

① 拳击中用来训练快速猛击的小沙袋。
② 全球西班牙语电视网,是美国最大的西班牙语电视台,旗下也有电台。

才对)一直抽到两眼抹黑。妮尔达的境况也不大好。但她倒的很多霉和我或者我哥都没关系。她后来又谈过几次恋爱，对其中一个黑皮肤的卡车司机动了真情。那家伙把她带到了马纳拉班①，结果夏天过完又把她甩了。我不得不开车去把她接回来，她住的房子是那种屁股那么点大的棚户，前面有块三毛钱不值的草坪，寒酸得要命；她那做派就跟意大利妞似的，在车里就要对我动手动脚，但我抓住她的手，叫她别这样。回家后，她又和一些更蠢的黑佬勾搭上了，是些从城里搬迁来的家伙，个个死乞白赖地追她。这些黑佬的老情人们对她恨之入骨，把她揍了个半死，打掉了她好几颗下门牙。她时不时翘课，有阵子被迫在家里学习，后来就彻底辍学了。

我上高二那年，她开始送报纸挣钱了。我时常在外头混，所以总能看见她。她那落魄样真让我痛心啊。那时她还没堕落到最低点，但已经往那个方向去了。我们相遇时，她总是笑笑说，你好啊。那时她已经开始发胖了，头发剪得很短，大圆脸显得笨重而孤独。我总是问，还好吗？有香烟的时候，我总会分给她几支。她参加了拉法的葬礼（他的另外几个女朋友也去了)，穿的那条裙子多么风姿撩人啊，就好像她还想用自己的魅

---

① 新泽西州一城镇。

力说服他什么似的。她吻了我母亲,但老太太不知道她是谁。回家路上,我不得不向我妈解释妮尔达究竟何许人也。我妈却只记得妮尔达是个香喷喷的姑娘。直到听妈妈这么说,我才意识到,妮尔达身上确实挺香的。

那只是一个夏天的事情,她也不是什么了不得的人,所以说这一切还有什么意思?他已经死了,已经死了,已经死了。我现在二十三岁了。有一次,我在恩斯顿路的迷你商场洗衣服时又遇见了她。她出现在我身边。她在叠衣服,笑眯眯地让我看她门牙被打掉后留下的空洞,说道,好久没见了,是吧,尤尼奥?

好多年了,我说着,把要洗的白色衣服塞进洗衣机。外面天空中没有海鸥,我妈在家里做好了饭等我回去。六个月前,我和妈一起看电视的时候,她说,我总算是熬过来了。

妮尔达问,你是搬家了还是怎么的?

我摇摇头。就是在上班。

老天,真是过了好久好久了。她收拾衣服简直像变戏法似的,所有东西都拾掇得整整齐齐、服服帖帖。柜台前还有另外四个人,是些穷酸黑佬,穿着及膝长袜,戴着鸭舌帽,胳膊上伤痕累累。和她相比,他们个个呆滞茫然,活似梦游人。她摇晃着脑袋，咧嘴笑着。你哥哥，她说。

拉法。

她用手指指着我，我哥生前也经常做这个动作。

我有时真想他。

她点点头。我也想他。他对我很好。

我当时脸上肯定露出了不相信的神情，因为她抖落好毛巾后直愣愣地盯着我。他是所有男人中对我最好的。

妮尔达。

他有时睡觉的时候，会用我的头发盖住他的脸。他说这样让他有安全感。

我们还有什么可说的？她摞好衣服，我替她打开门。附近居民看着我们离开。我们步行穿过旧社区，因为拿着很多衣服，走得比较慢。垃圾填埋场①已经关门，伦敦排屋②也大变样了。房租上涨了，现在住在这一带公寓里的是些神经病似的南亚人和白人，但在大街上、门廊里晃荡的是我们拉丁裔孩子。

妮尔达走路时盯着地面，好像害怕摔跤似的。我的心怦怦直跳。我想，我们想干啥都行。我们可以结婚。我们可以开车

---

① 迪亚斯幼年时期曾生活在新泽西州帕尔林镇，据说他家离一个大型垃圾填埋场很近。
② 新泽西州帕尔林的一处公寓房。

去西海岸。我们可以一切从头开始。一切皆有可能。但我俩很长时间都没说一句话,于是那个似乎充满希望的瞬间过去了,我们又回到了熟悉的现实世界。

还记得我们认识的那天吗?她问。

我点点头。

那时你想打棒球。

那是夏天,**我说**,你穿着件吊带背心。

你一定要我穿件T恤,才准我加入你们的球队。记得吗?

我记得,**我说**。

后来我们再没见过面。几年后,我上大学了,也不知道她最后去了什么鬼地方。

艾尔玛

你,尤尼奥,有个女朋友叫艾尔玛。她的脖子像马儿一样修长纤细,典型多米尼加人的肥臀把牛仔裤撑得浑圆诱人。她的屁股丰腴得能把月亮拖出轨道。在遇见你之前,她可从来没喜欢过自己的大屁股。你无时无刻不想把脸紧紧贴在她温暖柔软的肥臀上,或者轻咬她脖子上精致光滑的肌腱。你咬的时候,她会浑身颤抖,你爱死这感觉了,还有她用细条条的胳膊挣扎反抗的那动作,只有午后播放的青春偶像剧上的美女才有那样的细胳膊。

艾尔玛在梅森·格罗斯学院[①]读书,属于那种追捧音速青年[②]、爱看漫画书的另类拉丁裔姑娘。要是没有她,你恐怕到现

[①] 即罗格斯大学的创意与表演艺术学院,梅森·格罗斯(1911—1977)曾任罗格斯大学校长。迪亚斯本人曾在罗格斯大学读英文专业本科,后来还曾在罗格斯大学出版社工作。
[②] "音速青年"是成立于1981年、兴起于纽约市的美国摇滚乐队。

在还是处男。她在霍博肯①的拉丁裔社区长大，那社区的中心地带在八十年代烧得精光，很多房屋被大火吞噬。她小时候几乎天天都在下东城②度过，以为会在那儿待上一辈子。但她没被纽约大学和哥伦比亚大学录取，最后反而和纽约城离得更远了。艾尔玛这阵子迷上了画画，她画的人物全都是棕黑色，看上去像刚从湖底烂泥里挖出来似的。她的最后一幅画是你懒洋洋靠着前门的样子：只能从那双阴沉沉的、似乎在说"我的童年是在第三世界度过的，糟糕透顶，爱咋咋地"的眼睛，才能看得出画的是你。不过她把你的小臂画得超级粗大。我说过，会把肌肉画上去的。最近几周，天气暖起来了，艾尔玛不穿冬天的黑衣服了，开始穿那种又轻又薄、材质摸上去简直像薄棉纸的裙子；要是风稍微大一点，裙子就会被风吹跑啦。她说她这么打扮是为了你：我在找回我的多米尼加传统（这倒不全是假的，为了更好照顾你妈妈，她甚至开始学西班牙语了）。你看到她在街上摇曳生姿的俏模样，你肯定对每个走过盯着她看的黑佬脑子里打的什么骚主意都一清二楚，因为你也在想那些骚主意。

---

① 霍博肯是位于美国新泽西州东北部哈得孙县哈得孙河畔的一座城市，与曼哈顿隔河相望，属于纽约都会区的一部分。迪亚斯少年时期曾生活在离霍博肯不远的帕尔林。
② 下东城是美国纽约市曼哈顿东南部的一片街区，过去是移民和工人阶级街区，现在则有高档精品店以及时尚的餐饮场所。

艾尔玛身材纤细像芦苇，而你是个对类固醇[①]成瘾的大块头。艾尔玛喜欢开车，而你爱看书。艾尔玛有辆土星汽车（是她当木匠的父亲买的，他在家里只说英语），而你的驾驶执照分数都扣光了。艾尔玛的指甲太脏，从不做饭，而你做的鸡肉意大利面超级棒。你们俩真是个性迥异。每次你打开电视看新闻，她都翻翻白眼，说她"受不了"政治。她甚至不肯说自己是西班牙裔。她对闺蜜吹牛，说你是个"激进派"，是地地道道的多米尼加猛男（尽管你其实也没那么阅人无数，艾尔玛仅仅是你真正拍拖过的第三个拉丁裔女友）。你对哥儿们吹牛说，她的唱片比他们谁的都多，还有，你们干那事的时候，她叫起来像白妞一样。她在床上比你以前的妞都更放浪大胆。你们第一次约会的时候，她就问你想不想试试别的射法，或许你小时候没学过这方面的事，但你羞答答地说，嗯嗯，都不要。至少每周一次，她会跪在床垫上，跪在你面前，一手捏搓自己的黑胸脯，另一手轻拂身上软绵绵的地方，脸上狂喜，欲死欲仙。她放浪的时候喜欢讲风骚话，会窃窃私语，你喜欢看我，是不是，你喜欢听我来高潮。她完事的时候，一声噬魂销骨的绵长呻吟，直到这时她才允许你搂住她。

[①] 常被用作兴奋剂。

是啊，你们俩就是差别越大，磁力越强。你们的性生活棒极了。不需要费脑筋，过得真舒坦。真爽！爽！直到六月的一天，艾尔玛发现你在和一个叫拉克熙米的漂亮的大一女生上床。你的女朋友艾尔玛是怎么发现你在和拉克熙米上床的？因为她看了你的日记（当然，她之前也起了疑心）。她在门廊上等你，你开着她的土星汽车过来时，注意到日记在她手里，这时你的心脏一个猛跳，好似胖土匪跳过刽子手的陷阱。你慢慢地把汽车熄火。你被汪洋大海般的悲哀淹没了。你悲哀，因为你的不忠暴露了，而且你清清楚楚地明白，她永远不会原谅你。你盯着她令人垂涎的玉腿，盯着她两腿之间让你如痴似狂了八个月的小丘。直到她恼怒地走过来，你才终于下了车。你跑过草坪，驱动你的是你那最后一点厚颜无耻的力量。嘿，宝贝儿，你说，一直到最后还在支吾搪塞。她开始尖叫时，你问道，亲爱的，究竟是怎么啦？她这样骂你：

混蛋

真他妈的垃圾

假冒多米尼加人

她说：

你的那玩意儿小得不行

你根本没有男人那玩意儿

最操蛋的是,你喜欢吃咖喱的婊子。①

(你想辩解说,这不公平,因为拉克熙米其实是圭亚那人②,但艾尔玛不听你的。)

你原本应当低下头,像个男子汉一样承认错误,但你没有。你小心翼翼地捡起了日记,就像人家拿起脏尿布,或者捏挤刚用过的安全套。你瞟了一眼让艾尔玛火冒三丈的段落。然后你看着她,微笑起来。这个装模作样的贱笑,你到死也不会忘。你说,宝贝儿,这是我写的小说啊。

你就这样失去了她。

---

① 拉克熙米这个名字在印度人中极为常见,源自婆罗门教-印度教的幸福与财富女神。因此艾尔玛误以为拉克熙米是印度人。而咖喱常被与印度人联系在一起。
② 在圭亚那,印度裔占总人口近一半。

恨不逢君未娶时

他坐在床上,大屁股压得床罩四角都被扯了出来。他的衣服冻得硬邦邦的,裤子上已经干了的油漆印也冻得跟铆钉似的。他身上一股面包味儿。他讲他想买的那栋房子的事已经讲了好一会儿了,又抱怨拉丁裔想买套房子是多么艰难。我让他站起来,好把床重新铺好,于是他走到窗前。这雪下得真大,他说。我点点头,希望他能小声点。在房间另一端,安娜·伊丽丝正在努力睡觉。前半夜,她一直在为她那几个留在萨马纳[①]的孩子祈祷,而且我知道,天亮了之后她还得去厂里上班。她在床上辗转反侧,把自己埋在厚厚的被子底下,头上压着个枕头。虽然是在美国,没那么多蚊子,但她还是在床上罩了蚊帐。

外头有辆卡车在转弯,他告诉我。那小子够倒霉,这样的

[①] 多米尼加共和国东北部城市,邻大西洋,萨马纳省首府。

鬼天气还要出车。

这条街车是蛮多的，我说，一点不假。最近一阵子，每天天亮之后，我都看见门前草坪的雪地上散落着卡车上颠下来的粗盐和碎石①——也算一小笔财富了。躺下吧，我对他说，于是他走了过来，钻进被窝。他的衣服冻得很硬，我等到被窝里暖和起来才解开他的裤带。我们俩冷得直哆嗦，直到有了热气，他才开始触摸我的身体。

雅丝敏，他说。他的胡子抵着我的耳朵，硬硬的，硌得我生疼。今天我们面包厂死了个人。他好一会儿没说话，似乎沉默是根弹簧，能把他的下一句话弹出来似的。那家伙从屋檐上摔了下来。艾克托尔在传送带之间找到了他的尸体。

他是你的朋友吗？

这家伙，是以前我在酒吧里雇来的。我跟他讲，我们这里童叟无欺。

好惨，我说，但愿他没有家人。

可能有的。

你看见他了吗？

什么意思？

---

① 冬季为了防滑，往往在路面上撒粗盐、沙子、碎石等。

你看见他怎么死的了吗?

没有。我只是去把经理找来,然后他叫我把守好现场,别叫任何人接近。经理自己呢,就在那儿抱着胳膊。以往房顶上的活都是我干的。

你真幸运,拉蒙。

就算是吧,但如果出事的是我,怎么办?

别犯傻。

如果出事的是我,你会怎么办?

我把脸庞贴近他;如果他期待我会有更多温存的表示,那就认错我了。我想说,我能怎么办,还不跟你在圣多明各的老婆一样,束手无策。安娜·伊丽丝在角落里大声嚷嚷了两句,但她是假装的,把我从这窘境中解救了出来。拉蒙果然安静了下来,因为他不想把安娜吵醒。过了一会儿,他起了身,坐在窗前。雪又飘了起来。WADO 电台[①]说,今年冬天比前四年都冷,兴许也是近十年内最难熬的。我看着他:他抽着烟,手指摩挲着自己眼睛四周的细瘦骨头和嘴巴一圈松松垮垮的皮肤。我很好奇,他此刻正想着谁。也许是他的老婆薇尔塔,或者他的孩子。他在胡安娜区[②]有栋房子;我看过薇尔塔寄来的照片。

---

① 总部位于纽约的主要西班牙语电台,属于全球西班牙语电视网(Univision)。
② 多米尼加首都圣多明各的一个区。

照片上,她很清瘦,悲戚戚的,现在已经死了的儿子站在她身旁。拉蒙把照片放在一个罐子里,把罐口封得严严实实,然后藏在床底下。

我们没有接吻,就这么睡着了。后来我醒了,他也醒了。我问他,要不要回他自己的住处,他说不去了。我又一次醒来时,他还在熟睡。在这斗室的黑暗和寒冷中,他的身形让人难以分辨。我抓起他粗壮的大手。它沉甸甸的,每个指甲盖下面都藏着面粉。有时在夜间,我会吻起他那些像李子一样皱巴巴的指关节。他这双手,在我们交往的这整整三年里,一直都有饼干和面包的香味。

他穿衣服的时候没有和我或者安娜·伊丽丝说话。他的上衣口袋里装着一枚蓝色的一次性剃刀片,刀锋上已经开始出现锈迹了。他在自己脸颊和下巴涂上肥皂,用的是冰冷的自来水,然后把脸刮干净,胡子茬虽然没了,却刮破了好几处皮肤。我就这么看着他洗漱,任自己裸露的胸脯冷得直起鸡皮疙瘩。他大步流星地走下楼,出了大门,牙上还残留着一点牙膏。他前脚刚走,后脚我就听见同舍的住户在埋怨他。我走进厨房的时候,他们就问我,他自己难道没有地方睡觉吗?我回答说,他有的,然后笑一笑。透过覆满冰霜的窗户,我看着他把衣服兜帽戴上，快速把身上的三层衣服——衬衣、毛衣和外套裹紧，以抵御寒风。

安娜·伊丽丝把自己的被子踢掉。你这是在干吗？她问道。

什么也没干，我说。她头发乱蓬蓬的，躺在那儿看我穿衣服。

你得学会信任自己的男人，她说。

我是信任他的。

她亲了亲我的鼻子，下了楼梯。我梳好了头发，再把被子上的食物碎屑和阴毛掸掉。安娜·伊丽丝相信，拉蒙不会抛弃我，因为他在这儿已经扎下了根，而且我们在一起的时间已经很久了。他也许会一直走到机场，但最后还是狠不下心来上飞机。他就是这种男人，她说。安娜·伊丽丝把自己的三个儿子留在了多米尼加，已经将近七年没见过他们了。她深知，要想走得远，就非得牺牲一些东西不可。

我在卫生间里，盯着镜子里自己的眼睛。水珠里漂浮着他的胡子茬，像一枚枚指南针。

我在两个街区外的圣彼得医院[①]上班。我从不迟到，上班时间从不擅离洗衣房，一直在热浪中煎熬。我把要洗的东西装进

---

① 位于新泽西州新不伦瑞克。

洗衣机，把洗好的湿衣服塞进烘干机，再把过滤网上的棉绒清理掉，一大勺一大勺地量好需要的洗衣粉。我手下管着四个工人，挣的是美国标准的工资，但这的确是牛马不如的苦活。我戴着手套翻检成堆的床单。勤杂工（大多数是黑皮肤的拉丁裔）会把脏床单送下来。我从来不直接接触病人；但他们通过床单上的污迹和印痕（用疾病与死亡拼出的字母）与我交流。有的污迹太深，我就得把这些太脏的床单扔进一个特别的篮子。有个巴伊托阿①来的女孩告诉我，她听人说，那个篮子里的所有东西都会被烧掉。因为那是艾滋病人留下的，她小声说。有的污迹已经褪色，说明有段时间了，但有的血迹非常新鲜，腥气很重。你要是看到我们洗衣房里有这么多血迹，肯定会以为外头在打大仗呢。的确是场恶战，不过是在人体内打的，新来的女孩说。

　　我手下的姑娘们不是很靠谱，但我喜欢和她们一起干活。她们会放音乐，互相闹别扭，给我讲笑话。我从不向她们大吼大叫，也不欺负她们，所以她们挺喜欢我。她们都很年轻，是被父母送到美国来的，和我刚来时的年纪相仿。我今年二十八岁，来美国已经五年了，她们都把我看成身经百战的老资格，

---

① 多米尼加一城镇。

但我刚来的时候孤独得要命，每天都心痛难忍。

有几个姑娘在谈恋爱，我就不能太仰仗她们。这几个人上班会迟到，有时一连旷工几周。她们有时招呼都不跟你打一个，就径自搬去了纽约或联盟城①。出了这种事情的时候，我就得去找经理。他个矮，人瘦，鸟模鸟样；脸上没有胡子，但胸毛很浓，一直长到脖子那儿。我把情况告诉他，他就把跑掉的女孩的求职书找出来，撕成两半，声音干脆利落。不到一个钟头，就有某个女工送了个朋友来找我，申请空缺出来的岗位。

最新来的姑娘叫萨曼莎，是个刺儿头。她皮肤黝黑，眉毛很浓，一张尖酸刻薄的刀子嘴，让你往往在最没提防的时候被她伤到。有个姑娘跑去特拉华之后，萨曼莎补了她的缺。她来美国才六周，美国冬天的酷寒让她瞠目结舌。萨曼莎上班没几天，已经两次把装洗涤剂的桶扪翻了；她还有个坏习惯，就是干活时不戴手套，然后又用手揉眼睛。她跟我说，她前阵子生过病，被迫搬了两次家，同住的人还偷了她的钱。她那神情是典型的落水狗的怯懦和惶恐。干活就是干活，我告诉她，但我还是借了她不少午饭钱，还允许她用医院的洗衣机洗她自己的衣服。我原指望她会感谢我，不料她说我的嗓门像个爷们。

---

① 新泽西州一城市。

美国的天气一直这么糟糕吗？我听见她这样问别人。还会越来越糟糕呢，她们说，等着下冻雨吧。她远远看着我，皮笑肉不笑，有点犹豫的样子。她才十五岁，身材又精瘦的，看上去绝不像个当妈的，但她已经把她的胖儿子马诺罗的照片给我看过了。她在特地等我回答，因为我在美国待了这么多年，但我没理她，继续干活。我也曾试着向她传授干活的窍门，但她好像根本不感兴趣，只是吧唧吧唧地嚼着口香糖，笑眯眯地看着我，就好像我是个废话连篇的七十岁老太。我展开下一张床单，只见上面的血迹形状像一朵花，比巴掌略小。给我洗衣篮，我说，萨曼莎就把篮子撑开。我把这床单卷成球，抛了出去。结果正中靶心，拖边入网。

一连洗了九个小时的床单之后，我下班回家了，边吃着蘸热油的冷木薯，边等拉蒙开着他那辆借来的车来接我。他要载我去看另一栋房子。他从一踏上美国的土地起就梦想着买栋自己的房子，辛苦了那么多年，攒了些钱，现在总算是有可能了。有多少人能走到这一步呢？只有那些坚持不懈、从不动摇的人，谨小慎微、一直走运的人。拉蒙差不多就是这个样子。他对买房子的事认真得不得了，所以我也不能马虎。每周我们都出去找房子。他对这事可当真了，穿得整整齐齐，就像要去面试办签证似的。他开车带我在帕特森①较僻静的街区转悠,那儿的树木枝杈遮盖着屋顶和车库。必须小心谨慎,他说。我也同意。只要可能,他总会带我一块儿去,但我自己也知道,我其实帮不上多少忙。我不喜欢生活有什么大变动,我告诉他。他喜欢的房子在我眼里都是缺陷重重。看完房子,在车里的时候,他说我故意破坏他的梦想,还说我太顽固。

我们原打算今晚再去看一栋房子的。他走进厨房,拍着皲裂的双手,但我没那个心情,他也看得出来。于是他在我身旁坐下,把手放到我膝盖上。你不去吗?

我不舒服。

严重吗?

够严重的。

他揉揉自己的胡子茬。如果这个房子特别合适呢?你要我一个人做决定吗?

我不相信这房子会很合适。

如果真的很合适呢?

你知道你永远不会把我搬去那儿的。

他沉下脸,看看钟,然后走了。

---

① 新泽西州一城镇。

安娜·伊丽丝在打第二份工，所以晚上屋里只有我一个人。我听着收音机里关于全国气温下降的新闻。我想淡定一点，但还是按捺不住，到九点钟的时候就把他放在我橱柜里的东西（那些他不准我碰的东西）全都扒了出来，摊在面前。他的书，他的一些衣服，硬纸板盒子里装着的一副旧眼镜，以及他的两只破拖鞋。几百张过期彩票被卷成一小团一小团，一碰就碎。还有几十张棒球卡，都是多米尼加球员，有古斯曼[①]、费尔南德斯[②]、阿洛乌家族[③]等等，画上的明星有用棒子击球的，有蜷身蓄力的，也有在垒线不远处防守平直球的。他留了一些脏衣服让我洗，但我一直没有工夫洗，正好今晚就把它们都摊开。裤脚翻边里和工作服袖口上的酵母气味还很重。

橱柜最上面一层有个盒子，里面放着一沓薇尔塔的信，用褐色的粗橡皮筋勒起来。一共差不多八年的信。每个信封都破旧不堪，我想他可能自己都忘了这些信还在这里。我俩刚好上的时候，他把东西放在我这儿，过了一个月我就发现了这些信，

[①] 多米尼加有好几个姓古斯曼的棒球明星，包括胡安·古斯曼、克里斯蒂安·古斯曼等。
[②] 可能是托尼·费尔南德斯（1962— ），曾在美国职业棒球大联盟打球。
[③] 多米尼加的一个家庭，其姓氏其实是罗哈斯，美国人误将其母姓"阿洛乌"当作他们的姓氏。这家有多人在美国成为棒球明星，包括费利佩、玛蒂、赫苏斯三兄弟和费利佩的儿子莫伊塞斯。

实在抵不住诱惑，把它们偷偷都读了。要是当初我更坚强一些，没去读就好了。

他说自己从前一年开始就不给她写信了，但这话是骗我。每个月我把给他洗好的衣服带到他公寓时，都能发现他床底下藏着她新近寄来的信。那些信我都读了。我知道他老婆叫薇尔塔，知道她住在哪儿，也知道她在一家巧克力工厂上班。我还知道，他没有跟她提起过我。

过了这么些年，那些信变得很好看，字迹也变了。每个字母都弯弯绕，像船舵似的垂到下一行。求你，求求你，我最亲爱的丈夫，告诉我究竟怎么回事。你的妻子在你心里还能待多久？

读完她的信，我总会感觉好一些。从这你可以看出，我不是什么高尚的人。

我和安娜·伊丽丝第一次见面的那天，她就告诉我，我们来美国不是来玩的。我说，你说得对，尽管我并不愿意承认这一点。

今天，我把同样的话告诉萨曼莎，她怨气十足地盯着我。今天早上，我到医院的时候发现她在卫生间里哭，我倒是很想让她休息一个钟头，但我们的老板可没这么善心。我让她叠床单，只见她两手直发抖，看上去好像又要哭起来似的。我观察她好一阵子，然后问她，是不是有什么不顺心的事情。她回答，哪有一件顺心的事情？

安娜·伊丽丝说过，美国不是个好混的地方。很多姑娘连第一年都撑不下去。

你得把精力集中到工作上来，我对萨曼莎说，这样对你有好处。

她点点头，娃娃脸上空无表情。或许她是想儿子了，或是想念孩子的父亲。或是思乡情切。说来也怪，人在家乡的时候，从来不会想到它，更谈不上爱它，离家在外时却时刻挂心、魂牵梦萦。我捏捏她的胳膊，上楼去和老板打招呼，而我回来的时候，她已经走了。其他女工假装没注意到。我去卫生间找，只看见地上有一团捏皱了的纸巾。我把皱纸巾展平，放到水池边上。

吃完午饭后，我还希望她能回来，告诉我们，我回来啦，刚才出去散步了。

说真的，我能有安娜·伊丽丝这样的朋友，真是幸运。她就像个姐姐。我在美国的熟人在这儿都是形单影只；他们拥挤在公寓里。他们很冷，很孤独，很憔悴。我见过电话亭前排的长队，还有口袋里揣着钢镚儿、兜售偷来的电话卡的小贩。

我刚到美国的时候也是那个样子，孤独得要死。那时候我和另外九个女人合住，楼下有个酒吧。夜间酒吧里传来喊叫声和酒瓶砸碎的声音，吵得人无法入眠。我的大部分室友经常为了谁欠谁的什么东西或者谁偷了别人的钱而争吵不休。我手里有点钱的时候就打电话给我妈。在电话另一端，街坊邻居把电话传来传去，轮流和我说话，仿佛我是个幸运天使。那时拉蒙是我的上司，但我们还没有在一起——那是两年后的事情。那阵子他做着个家政服务的小生意，主要是在皮斯卡特维①。我们第一次见面那天，他用批判的目光看着我。你是哪个村来的？

莫卡②。

干掉独裁者，他说，过了一会儿又问我支持哪支棒球队。

雄鹰队，我说，其实我对棒球根本不感兴趣。

老虎队③，他吼道。那是多米尼加唯一一支真正的球队。

---

① 新泽西州一城镇，迪亚斯的母校罗格斯大学有个校区位于这里。
② 多米尼加一城镇，埃斯派亚省的首府。此地民众以积极投身政治著称，出过不少反抗暴政的英雄人物，比如反抗独裁者拉斐尔·特鲁希略的英雄费利克斯·安东尼奥·马尔特。说到莫卡，就让人想起对抗独裁的斗士，所以拉蒙会说"干掉独裁者"。
③ 全称"利瑟伊老虎队"，是多米尼加历史最悠久的棒球队，实力也数一数二。

他命令我去打扫厕所或者擦洗炉子时，用的也是这种嗓音。那时候我不喜欢他；他太傲慢，又太吵闹，所以在听见他和客户讨价还价的时候，我就在脑子里哼小曲。但至少他没有像很多其他老板一样，一上来就要强奸你。至少他还没有那么坏。总的来讲，他不会色迷迷地乱瞅，也不会随便动手动脚。他有别的计划，重要的计划，他是这么告诉我们的。看看他那个干劲，你就会相信他。

最初几个月，我的工作就是打扫房屋，同时听拉蒙吵吵嚷嚷。最初的几个月，我要在城里步行很远，苦熬着等星期天，好打电话给妈妈。白天，我站在那些豪门大宅的镜子前告诉自己，我干得不错。下班后我回到家，精疲力竭地和室友一起坐在电视机前。这样的生活虽然苦，但我已经挺知足了。

我是在拉蒙的生意垮掉（这儿的有钱主子不多，他没有气馁，如此自我开解）之后认识安娜·伊丽丝的。几个朋友从中牵线搭桥，我在鱼市见到了她。我和安娜·伊丽丝说话的时候，她正在切割和拾掇鱼。我以为她是波多黎各人，但后来她告诉我，她有一半波多黎各血统，另一半是多米尼加血统。分别是加勒比海地区最好的和最孬的民族，她说。她的手干起活来很伶俐、很准确，所以她切的鱼片板板正正，不像冰块上放着的其他鱼片那样参差不齐。你能干医院的活吗？她问道。

我什么活都能干，我说。

会有很多血哦。

如果你能干这个活，我也能干医院的活。

我寄回家的最早几张照片就是她帮我拍的。在那些照片上，我穿得体体面面，咧着嘴笑着，一副没有自信的样子。其中一张是在麦当劳门口拍的，因为我知道我妈会很喜欢它浓郁的美国风情。还有一张是在书店拍的。我拿着书假装在看，尽管那是本英文书，我根本看不懂。我的头发梳得高高的，耳后的皮肤看上去很苍白，好像不大见阳光。我瘦得皮包骨，病恹恹的。最好看的一张照片是我在大学的一座楼前拍的。那里没有学生，但有好几百张金属折叠椅，排在大楼前，好像是为什么活动准备的，我面向那些椅子，它们也面向我。我穿着蓝色裙子，双手贴在裙子上，在那光线下显得非常耀眼。

每星期有三个晚上，我们都要出去看房子。这些房子的状况都很糟糕，也只有鬼魂、蟑螂和我们这些西班牙裔会住。即便如此，也很少有人愿意卖房子给我们。面谈的时候，房主往往很有礼貌，但后来就再也不跟我们联系了。拉蒙又一次开车经过那些房子的时候，里面已经住了新人，通常是白人，在拾掇本应属于我们的草坪，把乌鸦从本应属于我们的桑树上赶走。

今天的房主是个老头，白头发里夹杂着几根红发。他说他挺喜欢我们。在内战①期间，他曾在多米尼加打仗。多米尼加人挺好的，他说，长得也好看。他的房子不算糟糕透顶，但我们俩都有些紧张。拉蒙在房子里转来转去，就好像一只猫在找合适的地方下崽。他走进壁橱查看，敲打墙壁，花了将近五分钟时间用手指检查地下室湿漉漉的墙缝。他嗅着空气，搜索霉味。在卫生间里，我试着冲了冲马桶；他把淋浴打开，把手伸到水柱底下。我们俩查看了厨房的橱柜，看有没有蟑螂。在隔壁房间里，老头打电话给我们的介绍人，不知听了谁说的什么话，大笑起来。

他挂断电话，和拉蒙说了几句，我没听懂。和白人打交道，根本没办法从他们说话的腔调做出任何判断。白人能用问候的语气骂你妈是婊子。我没有抱什么希望，就在那儿等着。最后拉蒙倚过身来说，情况不错。

太好了，我说，但仍然坚信拉蒙会改主意。他对别人疑心很重。上了车，他果然开始抱怨，说老头子肯定想骗他。

---

① 指的是1965年的多米尼加内战。1963年，民选产生的胡安·波希政府上台不久即被推翻，随后爆发动乱和内战。1965年，美国总统林登·约翰逊担心多米尼加会倒向共产主义、成为第二个古巴，于是派遣军队对该国进行干涉，平息了冲突。自此，美国放松了多米尼加人进入美国的签证要求，大量多米尼加人移民美国。1966年恢复民主政体。

为什么？你看出什么猫腻来了？

他们都是把房子弄得很好看。这是他们的圈套的一部分。等着瞧吧，不到两星期，房顶就得开始塌陷了。

他不会修吗？

他说他会修的，但你能信任这么个老头子吗？他老态龙钟的那模样，居然还能四处走动，真叫我吃惊。

我们都沉默了。他转动着脑袋，活动活动脖颈，脖子上的肌腱鼓了起来。我知道如果我敢插话，他肯定会大嚷大叫起来。他在我的住处前停下车，轮胎在积雪上滑动着。

你今夜要上班吗？我问。

当然了。

他满身疲惫地坐回别克车里。挡风玻璃上有好多条黑乎乎的污迹，雨刷够不到的边角上积了一层灰。我们看着两个孩子用雪球猛打第三个孩子。我感觉到拉蒙很悲伤，我知道他在想念自己的儿子。那一刻我真想搂住他，告诉他，一切都会好的。

下班了你还过来吗？

要看活干得怎么样。

好的，我说。

我坐在铺着油腻腻桌布的桌前，把今天看的房子的情况讲给室友们听，她们假惺惺地笑着。看样子你马上要过舒服日子啦，玛丽索尔说。

你也没什么可担心的啊。

可不是。你应当自豪。

我很自豪，我说。

后来我躺在床上，听着外面卡车上装的盐和沙子嘎扎嘎扎地响。半夜里我突然醒来，意识到他还没有回来，但直到天亮我才真正恼火起来。安娜·伊丽丝的床铺得整整齐齐，纱布做的蚊帐整洁地叠在床头。我听见她在卫生间里漱口。我的手脚都冻得发青。窗户上满是白霜和冰柱，看不见外面。安娜·伊丽丝开始祈祷的时候，我说，求你，今天不要祈祷了，好吗？

她垂下手。我开始穿衣服。

他又开始讲那个从屋檐上摔下来的人了。如果出事的是我，你会怎么样？他又问道。

我会再找个男人，我告诉他。

他笑了笑。是吗？你上哪儿找去？

你不是有朋友吗？

哪个男人会碰死人的女朋友？

我不知道，我说，我可以不告诉别人嘛。我可以重新找个男人，就像当初找到你那样。

他们能看得出来的。就连最蠢的男人也能从你的眼睛看出来，你刚死了男人。

没人会永远为死者哀悼。

有的人会的。他吻了吻我。我敢打赌，你会为我伤心一辈子的。想找人来替换我的位置可很难哦。面包房的人是这么跟我说的。

你为你儿子伤心了多久？

他不亲我了。小恩里克。我伤心了很长时间。现在还很想他。

看你的样子看不出来嘛。

因为你没有仔细看。

就是看不出来。

他垂下手。你这婆娘脑子不太灵光。

我只是说，看不出来你在为他伤心。

我现在看清楚了，他说，你这婆娘不太灵光。

他坐在窗前抽烟的时候，我从包里拿出他老婆写给他的最近一封信，当着他的面打开。他不知道，我有时候还是很厚脸皮的。那封信只有一张纸，带着紫罗兰香水的气味。求你，薇尔塔在信纸几乎正中央的地方就写了这么一个词。就这么多。我向拉蒙笑笑，把信放回信封。

安娜·伊丽丝有次问我爱不爱拉蒙。我告诉她,我老家在圣多明各,屋里的灯常常忽闪忽闪的,你根本没法确定灯会不会灭掉。你把手里的活计放下来,只能坐着干等,啥也干不了,直到那灯做出最终决定。我对他的感觉就是这样。

拉蒙的老婆是这个模样:个子不高,胯却很宽,非常静穆严肃,这种女人显老,还不到四十岁就会有人客客气气地叫她"夫人"。我寻思着,如果我和她生活在一个世界里,我们的关系肯定好不了。

我展开医院的蓝色床单,闭上眼睛,但血迹仍在我眼前飘浮。我们能用漂白剂把这张床单漂白吗?萨曼莎问。她回来了,但我不知道她这次能待多久。我也不知道自己为什么不直接把她开除拉倒。或许是因为我想给她个机会。或许是因为我想看看,她会继续干下去,还是会离开。这又能告诉我什么?恐怕很少。我脚边的包里装着拉蒙的脏衣服,我把它们和医院的东西一起放到洗衣机里洗。他穿这些衣服的那一天,身上会有医院的气味,但我知道面包气味比血腥味要浓。

我一直在观察,寻找他还想念她的迹象。不能老是想这些事情,安娜·伊丽丝告诉我,把这些烦恼从你脑子里赶出去。

要不然你会发疯的。

有些事情最好不要想,安娜·伊丽丝就是凭这个法宝在美国生存下来的。如果沉溺在对孩子的思念中,她肯定也要发疯了。从某种意义上说,我们都是靠了这个法宝才熬过来的。我看过一张她的三个儿子的照片:三个小男孩在日式花园①里,靠近一棵松树,笑眯眯的。最小的孩子穿着藏红色衣服,害羞地想躲开照相机镜头。我听了她的建议,在上下班的路上集中注意力观察我周围的其他梦游人:那些扫大街的男人;那些许久没有理发、站在餐馆后厨抽烟的人;那些跌跌撞撞地从火车上下来的西装革履的男人——其中很多人会去情人家,他们在家里吃冷餐的时候,在和妻子睡觉的时候,脑子里唯一想的事情就是和情人幽会。我想到了我母亲。我七岁的时候,她和一个有妇之夫有私情。那人的大胡子很帅,两颊的线条很深,皮肤非常黑,大家都管他叫"黑夜"。他在乡下替多米尼加电信公司制造铁丝,但住在我们的社区。他在佩德纳莱斯②结过婚,已经有两个孩子。他老婆非常漂亮,我想到拉蒙的老婆时,就想到了那个女人:穿着高跟鞋,露出光亮的棕色长腿,一个温暖有

---

① 指的是圣多明各市内的国家植物园。
② 多米尼加共和国西南部沿海的一个省,邻近加勒比海,其首府也叫佩德纳莱斯。

活力的女人。是个够劲的娘们儿。我想,拉蒙的老婆应该不是没上过学的粗俗女人。她看电视剧只是为了消遣。她在信里提到,她在照看一个别人家的小孩,她爱他简直像爱自己的孩子一样。起初,拉蒙离家还没有那么久的时候,她相信她和拉蒙可以再生一个儿子,就像她视为己出的这个叫维克多的小孩一样。他打棒球的动作跟你一样,薇尔塔写道。她从没提到过小恩里克。

诸事不顺,灾难纷至沓来,但有时我能清楚地想到我和拉蒙的未来会是什么样子,这种感觉很好。我们会住在他的房子里,我会给他做饭,他如果把饭丢在餐桌上,我就会骂他是懒鬼。我能想象自己每天早上看着他刮胡子的样子。但有的时候,我能想象我们俩在那房子里,一个阳光明媚的日子(或者是像今天一样滴水成冰的日子),他会醒来,然后脑子里拿定主意,和我在一起是活作孽。然后他会洗好脸,再转向我。对不起,他会说,我得离开你了。

萨曼莎得了流感。我感觉要死了,她说。她干活时一步一拖,倚在墙上喘气,什么都吃不下。结果第二天我也得了流感,然后我又传染给了拉蒙。他说我是个傻瓜。你以为我能请得起病假吗,他问。

我什么也没说。说什么都会让他发火。

他从来不会长时间窝着火。他要烦心的事情太多了。

星期五,他过来把房子的新情况告诉我。老头子想卖给我们,他说。他给我看了一些文件,但我没看懂。他很兴奋,但也很惶恐。我很理解他这种状态,因为我也曾经是这样。

你说我该怎么办?他没有看我,而是望着窗外。

我说,你该给自己买栋房子。这是你应得的。

他点点头。但我得跟老头子杀杀价。他掏出香烟。你知道我等这一步等了多久吗?在美国,有自己的房子才算扎下根来。

我想跟他说说薇尔塔的事,但他把话头掐死了,他一贯如此。

我跟你说过,我和她已经完了,他呵斥道,你还要怎样?非得死人你才开心吗?你们娘们儿从来都不懂,该放手的就得放手。你们从来都不知道放手。

那天晚上,我和安娜·伊丽丝去看了场电影。我们都听不懂英语对白,但都很喜欢新电影院里干净的地毯。蓝色和粉色的霓虹光柱在墙壁上来回穿梭,像闪电一样。我们买了爆米花分着吃,还把在小酒店买的罗望子果汁偷偷带进了电影院。周围的观众在交谈;我们也聊着天。

你能搬出去真幸运,**她说**,同住的那些婊子把我弄得快疯了。

我说,我会想你的,尽管我知道现在说这个为时尚早。她笑了。

你要过上新生活了,哪会有时间想我呢。

我会想你的。说不定我会天天来看你。

你不会有时间的。

我会挤出时间的。怎么,你不要我啦?

当然没有啦,雅丝敏。别犯傻。

再说还得过阵子才会搬呢。我记得拉蒙经常说的一句话:天意难测。

我们不聊了,安静地把电影看完。我没有问她,对我搬家有什么看法,她也没有主动提起。我们俩各自都有些不想说的事情,都尊重对方保持缄默的权利,就像我从来不问她,打不打算把孩子接到美国来。我也说不准她对未来有什么计划。她也有过男人,也曾把男人带到我们房间过夜,但她和他们都处不了多久。

我们俩互相依偎着从电影院回家,对雪地上一片片的闪亮冰面保持警惕。这个社区治安不好。一些除了脏话不会说任何西班牙语的男孩成群结队地站在街角,龇牙咧嘴的。他们看都不看过往的车辆行人,就在大街上乱窜。我们经过时,其中一个胖小子说,我泡妞的本事天下第一。下流货,安娜·伊丽丝鄙夷地说,抓住我的手。我们经过了我曾经住过的那座公寓,就是酒吧上层的那个。我盯着它,努力回忆,当初我常常从哪一个窗户往外望。走吧,安娜·伊丽丝说,真是冷死了。

拉蒙肯定和薇尔塔打了招呼,因为薇尔塔不再写信来了。那句俗话也许是真理:等待得足够久,万物都会变化。

买房子花的时间比我想象的要长很多。有好几次,他差点要放弃了,狠狠地摔下电话,把酒杯往墙上扔,我估计这事儿可能要黄了,但最后奇迹般地居然都办妥了。

看哪,他说着,手里拿着房产证。看。他简直是在恳求我了。

我真的很替他高兴。你成功啦,亲爱的。

是我们俩成功了,他轻声说,现在我们可以开始像模像样地生活了。

然后他趴在桌子上,失声痛哭。

十二月,我们搬进了新家。房子破败不堪,只有两个房间能住人。看上去很像我刚来美国时的第一个住处。我们一整个冬天都没有暖气,有一个月时间都只能用桶打水洗澡。我开玩笑地把这房子称为"田园之家"①，但谁要是敢批评他的宝贝房子，他非跟人急眼不可。不是所有人都拥有自己的房子，他这么提醒我，我攒了八年的钱。他从街区里被抛弃的破屋上拆卸材料，坚持不懈地整修屋子。能搞来一块地板，就算省了点钱，他夸耀道。这个社区虽然绿化不错，但治安不是很好，我们须得多加小心，锁好门窗。

有几个星期，不时有人来敲门，问这房子还出不出售。其中有些询问的人是夫妻，那个殷切劲儿，我和拉蒙过去肯定也是那个样子。拉蒙总是不客气地甩上门，不搭理这些人，就好像害怕被他们重新拉回无房族那个层次似的。但如果是我去开门的话，我总是比较客气地告诉他们，不出售。祝你们好运，找到称心的房子。

我知道，人的希望是没有边界的。

医院开始扩建；三天后，吊车在医院大楼周围树立了起来，那形状好像人在祈祷。萨曼莎把我拉到了一边。这一冬天过来，她完全干瘪了，双手和嘴唇都皲裂的非常厉害，看上去好像随时都可能爆裂。我需要借点钱，她小声说，我妈病了。

老是拿妈妈生病当借口。我转身要走。

---

① 多米尼加的著名豪华度假胜地。本书《风花雪月》故事中，男女主人公就曾在那里度假。

求你了,她哀求道,我们是同胞啊。

说得对。我们是同胞。

肯定也有人帮助过你吧。

这也对。

第二天,我借给她八百美元。这是我所有储蓄的一半。记好了。

我不会忘的,她说。

她好开心。比我搬进新家时还开心。我真想像她那样轻松快活。她干活时一直在唱歌,唱的都是我小时候流行的歌,阿达莫①之类的。但她还是原来的毒舌萨曼莎。我们下班打卡之前,她对我说,别涂这么多口红。你不涂口红嘴唇就已经够大的了。

听了这话,安娜·伊丽丝大笑起来。那丫头真这么说你的?

是啊。

你好惨,她说,对萨曼莎倒还有点刮目相看。

这周快结束的时候,萨曼莎没来上班。我四处打听,结果

---

① 应当是萨尔瓦托雷·阿达莫(1943—),原籍意大利、后来入了比利时籍的著名歌手,20世纪60、70年代非常走红,他主要用法语演唱,但也有不少意大利语、德语和西班牙语歌曲。他在拉美世界也极受欢迎。

没人知道她住在哪儿。我也不记得她最后一次上班那天说过什么重要的话。那天下班时，她像往常一样轻手轻脚地离开医院，走向市中心去赶公交车。我为她祈祷。我记得我来美国的第一年，那时我多么想回家，经常哭鼻子。我祈祷，希望她能像我一样坚持下来。

过了一星期。我等了这么一星期，然后就放弃了。接替她的女孩说话轻声细气的，身材肥胖，干起活来有股劲头，也从不发牢骚。有时我心血来潮，就想象萨曼莎已经回家了，和家人待在一起。老家的天气很暖和。在我想象中，萨曼莎发誓赌咒地说，我绝不回美国，死也不回去。

有些夜晚，在拉蒙修理房子的厨卫管道或者打磨地板的时候，我就读那些旧信，小口喝着我们储存在厨房洗涤槽下的朗姆酒。我当然是在想着她，拉蒙的另一个她。

她的下一封信来的时候，我正怀着孕。那封信从拉蒙的旧住处转到了我们的新家。我从一沓信中把它抽出来，盯着看。我的心怦怦直跳，就好像我体内除了心脏什么都没有，它寂寞得发慌。我很想把信封打开，但没有这么做，而是打电话给安娜·伊丽丝。我和她有阵子没联系了。电话那头铃声响起的时候，我死死盯着屋外停着很多鸟儿的篱笆。

我去找你散散步吧,我对她说。

树枝的末端有花蕾在绽放。我走进以前和安娜·伊丽丝合住的房间时,她吻了吻我,让我在厨房桌旁坐下。房子的其他住户现在只有两个人我还认识,其他人都搬走了,或者回老家了。新房客中有新近从多米尼加来的女孩。她们拖着脚步进来出去,几乎看都不看我一眼,在她们已经许下的诺言的重压下精疲力竭。我想教导她们:漂洋过海后,曾经的诺言都不算数了。我的大肚子已经很明显了,安娜·伊丽丝则瘦骨嶙峋,十分憔悴。她的头发几个月没剪过了;浓密的一缕缕头发的末端都分了叉,直竖出来,看上去像是第二层头发。但她还能微笑,笑得那么灿烂,那么有热度,居然没把周围东西烧着,真是奇迹。楼上什么地方有个女人在唱巴恰达[①]歌曲,声音听起来好遥远,让我想起,这房子真是巨大,天花板是多么高啊。

戴上这个,安娜·伊丽丝说着,递给我一条围巾,咱们出去散散步吧。

我把信攥在手里。天空灰茫茫的。地面上有不少积雪,上面蒙着一层砾石和灰尘,在我们的脚下嘎吱作响。我们等着车

[①] 一种源于多米尼加的拉丁舞,其音乐以浪漫而忧伤著称。

流在红灯前减速，然后跑进公园。我和拉蒙刚开始在一起的时候，我俩天天都逛这个公园。就是下班之后在这儿放松放松，他说，但每次我都为了他涂上红指甲油。我记得，我们第一次做爱的前一天，我就已经知道，我一定会投入他的怀抱。那时他刚告诉我，他有个老婆，还有儿子。我对他的坦白琢磨了好久，一言不发，漫无目的地走着。我们遇见了一群正在打棒球的孩子，他把他们的球棒抢了过来，用力挥舞着，让孩子们在很远的距离外投球。我以为他是自找难堪，于是站到一边做好准备，一旦他摔倒或者没击中球，就上前安慰他。但是他上半身轻松一个动作，铝制球棒就清脆地击中了球，打得它飞出很远很远。孩子们举手认输，大喊大叫。他呢，对着我微笑起来。

我和安娜·伊丽丝没说话，走到了公园的另一端，然后我们转身折回，穿过公路，走向市中心。

她又来信了，我说，但安娜·伊丽丝打断了我。

我给孩子们打了几个电话，她说。她指了指站在法院大楼对面兜售偷来的电话卡的小贩。他们都那么大了，她告诉我，我都认不出他们的声音了。

我们走了一会儿，不得不坐下，我紧紧握着她的手，让她好好哭一场。我应当说些话安慰她的，但不知从何说起。她会把孩子们接到美国，或者她会回老家。至少这方面有了变化。

越来越冷了。我们回家。我们在门前紧紧拥抱了很久,好像足足有一个钟头。

那天夜里,我把信给了拉蒙。在他读的时候,我强作笑颜。

弗拉卡[①]

你累了或者心情不爽的时候,左眼就会有些失神、目光迷离的样子。它这是在寻找什么东西,你曾这么解释。我俩谈恋爱的那阵子,你的左眼经常眨个不停,你得用手指摁住眼皮,才能让它消停下来。我一觉醒来,看见你坐在我的椅子边上,眼睛就那么眨着。你还穿着教师的衣服,但没穿夹克,里面衬衫解开了好几个纽扣,露出了我给你买的那件黑色文胸,还有你胸脯上的雀斑。这时我们不知道,我俩的感情其实已经到头了,尽管我们其实早就应当心知肚明。

我刚到一会儿,你说。我向屋外望了望,你的本田思域车就停在外头。

你去把车窗关好吧。

我在这儿坐一会儿就走。

[①] 弗拉卡(Flaca)在西班牙语中有"身体不健康而导致的消瘦"的意思。

小心有人偷你的车。

我差不多已经准备走了。

你就坐在椅子上没动,我知道情况不妙,没敢靠近你。你有一整套花招,以为凭它们就能避免和我上床,比如:你坐在房间另一端,和我保持距离;你不准我亲昵地掰你的指关节玩;或者在我房间待的时间不超过十五分钟。但这些花招从来都没见过效,对吧?

我给你们带了点饭,你说,我给班上的学生做了意大利千层面,还剩下一点,就给你们带来了。

我的房间又小又闷热,堆满了书。你从来都不喜欢待在这儿(你说,在这房间的感觉就像憋在臭袜子里一样),我的室友不在的时候,我俩就睡在起居室地毯上。

你的头发很长,所以出了不少汗。最后,你把手指从眼皮上拿开,但说话一直没停。

今天我班上来了个新生。她妈妈告诉我说,对这女孩要提防点,因为她能未卜先知。

未卜先知?

你点点头。我问那位太太,孩子未卜先知的本事对她的学习有没有帮助。她说,没有,倒是有几次帮我买彩票中了奖。

我本该笑笑，但却只是盯着屋外，一片形似连指手套的树叶粘在你的汽车挡风玻璃上。你站在我身旁。我第一次遇见你是在讲乔伊斯的课上，后来在体育馆又见了一面，那时我就知道，我要叫你弗拉卡。如果你是多米尼加裔，我的家人肯定会对你嘘寒问暖，送好多吃的过来给你。成堆的香蕉和木薯，泡在肝脏或者炸奶酪里。弗拉卡。尽管你的名字其实叫维罗妮卡。维罗妮卡·哈德拉达。

我的室友快回来了，我说，你还是去把车窗关好吧。

我现在就走，你说着又把手指按在了眼睛上。

我们原本都没想到，我俩居然会动起真情来。我想象不出我俩能终成眷属，你也点头同意，说你理解。说完这个，我们就上床做爱，假装刚才没有发生什么伤感情的事情。那是我们第五次约会，你穿着一件黑色的修身连衣裙，脚踩墨西哥式凉鞋。你说，如果我愿意的话可以打电话给你，但你不会主动打电话找我。约会时间地点都由你定，你说，因为，要是让我来决定的话，我会天天都黏着你。

至少你很诚实，我可就没有这个美德了。从周一到周五，我从来不打电话给你，甚至一点都不想你。我有一群哥们儿一起消磨时间,还在学报出版社①上班,够忙的了。但在周五和周六晚上,我逛夜店没泡到妞的时候,就打电话给你。我们就煲电话粥,一直聊到没了话题,最后你就问,你想见我吗?

我就说,好啊。在等你过来的时候,我就跟哥们儿解释,我和你纯粹是炮友,你懂的,没有当真。然后你就来了,带着一套换洗衣服和一口平底锅(好第二天早上做早餐),也许还带着给学生们做的曲奇饼。第二天早上,我的室友们会看到你穿着我的衬衫在厨房里。最初他们没啥意见,因为他们以为我俩的关系长久不了。但他们开始有意见的时候,已经晚了,对吧?

我记得:哥们儿一直盯着我。他们盘算着,我俩已经拍拖两年了,这可不是什么无关紧要的露水情,尽管在整整两年里我从来没有公开承认过你是我的女朋友。但糟糕的是,我对此一直感觉挺好。我感觉自己一直处在美好的夏天,只管尽情享受,无需瞻前顾后。我告诉哥们儿,我和你的关系就现在这样,蛮好的。不可能和白妞瞎混一辈子吧。

---

① 美国一家著名的学术出版社,位于新泽西州皮斯卡特维的罗格斯大学利文斯顿校区,与学术界联系非常紧密。迪亚斯本人也曾在一家出版社工作(罗格斯大学出版社)。

在有些族群中，这是条铁律；在我们多米尼加人这里，并非如此。

在那堂讲乔伊斯的课上，你一直没吭声，我却喋喋不休。有一次你看了我一眼，我也看你，你的脸唰地一下红了，连教授都注意到了。你是个穷白人，家在帕特森郊外，穿衣服没品位，还经常和黑佬拍拖。我说，你就是特别喜欢咱们拉丁仔。你恼火地说，才没有呢。

但你的确是这样的。你虽然是个白人姑娘，却喜欢跳巴恰达舞，还加入了拉丁裔姊妹会①，而且都去过三次圣多明各了。

我记得，你曾经主动提出，要开你的本田思域车送我回家。

我记得：你第三次提出的时候，我接受了。我俩的手在座椅之间拉了起来。你试着用西班牙语跟我说话，我叫你别这样。

今天我俩还能说得上话。我说，要不咱们去和伙计们一起聚聚吧。你摇了摇头。我想和你待在一起，你说，如果我们之间还好的话，下周再和他们聚吧。

我们不能期望更多了。没有什么轰轰烈烈的事情，也没有什么刻骨铭心的话能让我们多年后还魂牵梦萦。你梳头的时候

---

① 即"ΣΛΥ 姊妹会"（Sigma Lambda Upsilon，又称 Señoritas Latinas Unidas Sorority），1987 年在纽约宾汉顿大学成立的学生社团组织，主要吸纳拉丁裔女孩。

盯着我看。你每一根折断的头发都有我的手臂这么长。你不想放手，但也不想受伤害。这种滋味真不好受，但我能跟你说什么呢？

我们开车去蒙特克莱尔，林荫大道上几乎只有我们这一辆车。四下里一片静谧、昏暗。昨天刚下过雨，枝叶上还留着雨水，闪闪发光。在奥兰治南面不远处，林荫大道穿过一座公墓。路两边有成千上万的墓碑和衣冠冢。你指着最近的人家说，想想看，住在这种地方是什么感觉。

肯定会做噩梦吧，我说。

你点点头。是啊，噩梦。

我们把车停在地图店对面，走进我们常去的那家书店。虽然大学①近在咫尺，但书店里的顾客除了我俩就只有一只三脚猫了。你在两排书架之间的通道上坐下，开始在书箱里翻检。那只猫径直向你走去。我翻看着历史书。你是我认识的唯一一个能像我一样泡这么久书店的人。你是个少见的聪明鬼。我回来找你的时候，你已经把鞋脱了，一边挠着脚上破裂的老茧，一边读着一本儿童书。我搂住你的肩膀。弗拉卡，我说。你的头发飞扬起来，钩在了我的胡子茬上。我可不会为了讨好别人而

---

① 应该是蒙特克莱尔州立大学。

按期刮脸。

咱俩能成，**你说**，只要咱们顺其自然。

大学的最后一个暑假，你想去个什么地方度假，于是我带你去了云杉溪①；我们俩小的时候都去那儿玩过。你连自己是哪一年哪个月份去的都记得很清楚，但我只记得自己是"小的时候"去的。

你看那"安妮女王的蕾丝"②，**你说**。你将上半身倚出窗外，看着外面的夜空，我把手搭在你背后，防止你摔倒。

我俩都喝醉了，你的裙子底下只穿着袜带和长袜，你拉着我的手，把它引导到你的两腿之间。

你们家当年在这儿干啥啦？**你问道**。

我看着夜晚的露水。我们吃了烧烤。多米尼加式烧烤。我爸其实根本不会弄，但非要逞英雄不可。他把那种红色的酱汁烧热，洒在肉片上，然后邀请随便什么陌生人来吃。太难吃了。

我小的时候戴着个眼罩，**你说**，或许那时候我们就见过，吃着糟糕的烤肉，就坠入爱河了。

---

① 新泽西的一个旅游度假胜地，有大型水库。
② 北美有多种植物的俗称是"安妮女王的蕾丝"，可能是峨参（学名 Anthriscus sylvestris）或大阿米芹（学名 Ammi majus）。

我表示怀疑,**我说**。

我就是说说嘛,尤尼奥。

也许五千年前我俩就是一对。

五千年前我在丹麦呢[①]。

说得对。我有一半在非洲[②]。

在非洲干啥呢?

种地吧,我猜。那时不管什么地方,所有人都在种地吧。

也许在其他时间段,我俩曾经是一对。

我想不出来是什么时间段。

你努力不去看我。也许是五百万年前。

五百万年前人还没进化出来呢。

那天夜里,你躺在床上,醒着,听救护车在街上呼啸而过。你面庞的热度能让我的整个房间温暖好多天。我不知道,你自己是怎么忍受得了你的身体、你的乳房、你脸庞的热力的。我简直没法碰你。你突然意想不到地说,我爱你。尽管这对你可能没什么意义。

那个夏天,我老是失眠,经常凌晨四点在新不伦瑞克的大

---

① 从弗拉卡的姓氏看,她可能有北欧血统。
② 因为多米尼加人大多是西班牙人与非洲人的混血。

街上跑步。只有在这些时候，我才能一口气跑上五英里。街上没有行人和车辆；在石英灯光下，所有东西都变成了箔片的颜色，汽车上的所有水分被灯光烤干了。我记得自己曾经在各家疗养院、养老院周围奔跑，沿着乔伊斯·科尔马大街①，跑过特鲁普大街，那家叫"卡美洛"的诡异老酒吧就在那旮旯，窗户上钉着木板，烧焦的印子还在上面。

我常常彻夜无眠，老爷子②从UPS店下班回来的时候，我就拿笔记下从普林斯顿枢纽站③来的火车抵达的时刻。从我们的起居室能听见火车刹车的声音，这刺耳的声音啃咬着我的心灵。我想，老是熬夜不睡也许意味着什么。也许意味着"失去"或者"爱"，或者还是我们在一切已经他妈太迟了的时候说的其他什么词儿，但哥们儿都劝我不要把分手的事放在心上。他们听到我的话，都说，这样不行。尤其是老爷子。他二十岁的时候就已经离过一次婚，有两个孩子住在华盛顿，和他都已经一刀两断。他听见了我的哀叹，说道，听着，有四十四种方法能帮

---

① 乔伊斯·科尔马（1886—1918），美国诗人、记者和文学批评家，生于新泽西州新不伦瑞克。他的诗作大多颂扬自然之美，且带有浓郁的天主教色彩。一战中他加入美国陆军，于1918年7月30日在法国前线阵亡。他的遗体葬在法国，在家乡新不伦瑞克有衣冠冢。新不伦瑞克有多处设施以他的名字命名。
② 应当是主人公的一个室友的昵称。
③ 位于新泽西州西温莎镇。

你熬过这一关。他让我看他那咬烂了的双手。

我俩后来又去了一次云杉溪。你还记得吗？那时我俩经常吵架，打闹个不休，最后的结局总是我俩上了床，拼命互相撕咬着，就好像这能有什么用。再过几个月，你已经和别人约会了，我也有了新女友；她的皮肤并不比你黑，但她习惯在淋浴的时候洗内裤，并且毛发浓密；你第一次看见我和她在一起时，转身就上了一辆公交车，我知道你其实根本不需要坐那趟车的。我的女朋友问，那是谁？我说，就是个熟人。

我俩第二次去云杉溪的时候，我站在湖边，看你在浅滩里蹚水走着，看你用湖水洗着你那瘦削的胳膊和脖颈。我俩前一天晚上都喝多了，我不想下水。湖水有治疗作用，你这么解释，做礼拜的时候牧师是这么说的。你用瓶子装了一些水，准备带回去送给你那患白血病的表弟，还有心脏不好的姨妈。那天你穿着比基尼短裤，上身套着件 T 恤。山顶上和湖边飘着雾气。你往湖中心走，一直走到湖水与腰齐平，然后停下脚步。我盯着你，你也盯着我，在那一刻，我们是深深相爱的，对吗？

那天夜里，你钻进我的被窝。你身上好瘦啊，让人难以置信。我试着亲吻你的胸脯时，你把手挡在我胸前。等一下，你说。

楼下，哥们儿在吵吵嚷嚷地看电视。

你喝着白天用瓶子装来的湖水，任凭冰冷的水从嘴角流下。在拿瓶子喝更多水之前，你摸到了我的膝盖。我听着你的喘息声——它多么微弱，听着水在瓶子里晃动的声音。然后你捂住我的脸，捂住我的下身，又伸手去抚摸我的后背。

你喃喃地小声念叨着我的全名，我俩相依而眠。我记得，第二天早上我醒来的时候，你已经不在了，彻彻底底消失了，在我的床上、在整个屋子里，一点点踪迹也没有留下。

普拉原理

最后那几个月真他妈难熬。要粉饰现实或者拒绝面对都是不可能的：拉法已经命在旦夕。到那个时候，已经只有妈和我还在照顾他了，而且我俩都不知道该干些啥、说些啥。所以我们干脆啥都不说。我妈向来不是那种感情溢于言表的人，她那性格就跟黑洞的边界似的：不管发生多大的悲剧、什么样的挫事，她总是一声不吭地硬扛着，你永远也没法知道她脑子里是怎么想的。她就这么默默地承受着，从不流露出任何感情，啥迹象都没有。而我呢，哪怕她愿意跟我谈谈，我也是不肯应承的。学校里的哥们儿有几次要提起这事，我叫他们少他妈多管闲事。都给我滚。

那年我十七岁半，抽大麻抽得可凶了，所以那段时光对我来说都是云山雾罩，现在回想起来已经很模糊了。

我妈虽然人没死，但精神上已经是行尸走肉了。她完全垮了：既要照顾我哥、去厂里上班，还得打理家务，简直连睡觉的时间也没有（我在家里是油瓶子倒了也不扶的，这是大老爷们的特权嘛）。我妈忙得这样脚不点地，居然还能不时地挤出几个钟头来陪她的新老公：耶和华。我有我的麻醉品，她有她的。她以前对宗教没有那么痴迷，但自从我哥得了癌症，她就一下子整天耶稣基督个不停，我猜啊，要是她有个十字架，肯定会把自己钉在上面。那最后一年，她无时无刻不念叨着万福玛利亚。一天要把她的祈祷小组拉到我们家两三次。我把她们叫作"启示录四马脸"①。其中最年轻也是脸最长的一个叫格拉迪丝，她前一年诊断得了乳腺癌，正治疗了半拉子的，她那不要脸的死鬼老公跑到哥伦比亚，娶了她的一个表妹。哈利路亚！另外一个女的，名字叫啥我记不得了，才四十五岁，看上去跟九十岁似的，那状况真是瘆人：体重超标、腰不好、肾有毛病、膝盖不好、有糖尿病，好像还有坐骨神经痛。哈利路亚！最牛的是我们楼上的邻居罗丝太太，她是个特别和气的波多黎各女人，虽然眼睛瞎了，但整天还是乐呵呵的。哈利路亚！跟她打交道你得当心点，因为她有个习惯，也不摸摸看有没有椅子之类的东西就一屁股坐下去。已经有两次，她没摸准沙发的位置，把屁股摔了个稀巴烂，后一次摔倒的时候嚎着，天哪，你都对

---

① 戏仿《圣经·新约·启示录》里的"启示录四骑士"（有很多不同的解释，一般认为分别代表征服、战争、饥荒和死亡）。

我做了什么？我不得不离开地下室，扶她爬起来。这些老家伙是我妈仅有的朋友——我哥得癌症第二年之后，我们家的亲戚都不大搭理我们了——只有这几个老朋友来我们家的时候，我妈才有点老样子。这时她喜欢讲那些傻乎乎的土得掉渣的笑话。她非要确定每个小杯子里的分量绝对相等，才给她们上咖啡。其他三个人当中有谁犯傻的时候，我妈就拖长声音叫一声"好——呵——"。其他时候，我对我妈绝对捉摸不透，只见她一刻不停地转来转去：打扫、安排家务、做饭、去商店退这个买那个。偶然看到她停下来不动，一只手捂住双眼，这时我就知道，她是真累垮了。

然而拉法偏偏还那么不上路子。他第二次出院回家之后，大大咧咧的，就好像啥事都没有似的。这真愚蠢，因为放疗的缘故，他脑子受了影响，有一半的时间根本不知道自己在他妈的什么地方；另外一半时间呢，他累得连放屁的力气也没有。我这老哥因为化疗体重下降了八十磅，那模样就像个跳霹雳舞的食尸鬼（我哥是新泽西州最后一个放弃运动服和编织项链[①]的操蛋鬼），后背上遍布腰椎穿刺留下的疤痕，但他大摇大摆的那个步态基本上还是得病之前那鸟样：百分之百的抽疯。他以自

---

① 往往被认为是街头文化的一种时尚。

己是附近街区公认的疯小子为豪，绝不肯为了癌症这点小事就老老实实做人。出院不到一周，他就用锤子砸扁了那个偷渡来的秘鲁小孩的脸，两个小时之后又在帕斯玛超市跟人打架，因为他以为某个傻瓜在骂他，当场就给了那傻瓜一记由上往下砸的摆拳（虽然他没有多少力气），我们好几个人才把他们拉开。×你妈的，他一直嚷嚷着，就好像我们劝架反而是最不可思议的事情似的。我们几个劝架的人都被他打得遍身淤青，他那个狠劲儿就像是圆盘锯大开杀戒、小飓风显神通。

我哥死撑着扮硬汉。他历来就是个色中饿鬼，现在自然是重操旧业，和以前那些骚娘们儿又搞得火热起来。也不管我妈在不在家，他就把妞儿们往地下室领。有一次，我妈正在那儿祈祷呢，他带着那个家住帕克伍德的姑娘——她的屁股绝对是天下第一大——溜达进来。后来我说，拉法，放尊重点。他耸耸肩。不能让她们以为我没本事了。他会去本田山鬼混，回家的时候已经没个人样，嘴里胡言乱语，让人还以为他说的是阿拉米语呢。不知道真实情况的人看见他这个欢劲儿，都以为他的病情在好转。我要把身子养好，你们等着瞧，他是这么跟大伙儿说的。他让我妈给他做了一大堆可怕的蛋白质奶昔。

我妈努力把他留在家里，不想让他出门。听医生的话，儿子。但他只是说，好啦，妈，好啦，然后一溜烟地就出门了。

她从来都管不住他。我妈对我可以大吼大叫、骂我个狗血喷头，甚至还会动手揍我；但对我哥，她永远是低眉顺眼，肉麻的就好像在试镜墨西哥电视剧里的角色似的。啊，我的儿子，啊，我的宝贝蛋。那时我全部注意力都集中在那个奇斯奎克①的小白妞身上，但我也试着让我哥安生点，老哥啊，你不是得养病啥的吗？但他只给我白眼看。

就这么透支生命了几个星期之后，这混蛋终于垮下来了。他老是在外面通宵鬼混，最后搞得咳嗽起来像爆炸一样，回医院住了两天——他上一次住院一口气待了八个月，所以这次住两天根本不算屁事——他出院之后，你能看得出他的变化。他不再像以前那样整夜瞎搞、拼命喝酒一直喝到呕吐了。冰山斯利姆那档子破事②也不搞了。再也没有妞儿坐在沙发上替他掉眼泪，或者在楼下跟他腻歪了。唯一一个还和他来往的妞是他的一个前任女友，名叫苔米·弗朗科，他们俩拍拖那阵子，他几乎一直在揍她。揍得可狠了。就因为这事，我哥被判了两年的公共服务。过去他有时对苔米大发雷霆，拖着她的头发，就这

---

① 新泽西州城镇，附近有著名的奇斯奎克州立公园。
② 冰山斯利姆，原名罗伯特·贝克（1918—1992），美国历史上的传奇人物，起初是皮条客、妓院老板和黑社会匪徒，后来金盆洗手，成为作家，以自己在黑社会中的真实经历为背景写了多本畅销书，反响热烈，对后来的嘻哈音乐和街头文化也有很大影响。他的书被翻译成多种语言，总销量超过六百万册。

么拖遍整个停车场。有一次她的裤子被他解开了，一直拽到脚踝，我们都看见了她的下身。我对她的印象就是这样。跟我哥分手之后，她钓上了个白小子，闪电般结了婚。苔米长得很漂亮。你记得何塞·琴加最有名的那首歌《大奶子飞飞》吗？① 苔米就是那样的。她现在已经是有夫之妇了，模样还挺俊，对我哥还念念不忘。但奇怪的是，她现在来我们家的时候，从来不肯进门，绝对不进来。她把她的丰田凯美瑞车停在我们家门前，我哥就走出去，和她一起坐在后座上。那时我的暑假刚开始，我等着白妞回我电话的时候，就透过厨房窗户盯着他俩，等着他把她的脑袋压下来。但他从来没这么干过。他俩看上去甚至好像根本没有在说话。就这么过了十五、二十分钟之后，他就爬下车，她就开走了，就这么回事。

你们俩在搞什么飞机？交换脑电波啊？

他在摸索自己的臼齿——因为放疗，他已经掉了两颗臼齿了。

她不是嫁给哪个波兰仔了吗？她不是已经生了两个娃了吗？

他看看我。你懂个屁。

---

① 何塞·琴加是有名的拉丁自由音乐艺人，其作品大多色情露骨。

啥都不懂。

啥都不懂。那就闭上你的臭嘴!

他本该从一开始就这样：少活动，多休息，在床边挪来转去，把我的大麻抽个精光（我抽大麻的时候得遮遮掩掩，怕被我妈发现；他倒好，就在起居室里正大光明地抽），看电视，睡觉。我妈看宝贝儿子乖乖在家，高兴得不得了，经常露出几乎喜形于色的表情。她告诉祈祷小组成员们说，至高无上的天主听到了她的祈祷。

赞美天主，罗丝太太说着，两个瞎眼珠子跟玻璃球似的转着。

电视转播纽约大都会队①比赛的时候，我就和他坐在一起。他从来不肯告诉我，他的状况究竟怎么样，他又在等待什么。只有他在床上头晕眼花或者恶心反呕的时候，我才能听得见他呻吟：他妈的究竟怎么啦？我该怎么办？我该怎么办？

我早该知道，他消停下来的那阵子只是暴风雨前的平静。他咳嗽好了之后不到两星期，一整天人影不见，然后兴冲冲地跑回家，宣布说，他找了份兼职工作。

---

① 主场在纽约的美国职业棒球大联盟球队。

兼职工作？我问，你丫的发疯啦？

爷们总得有点事做嘛，他咧着嘴笑，缺牙的地方全暴露出来。咱也不能吃闲饭。

他这个工作是在毛纺制品店，真是糟糕透顶的选择。起初我妈假装不管他了。你不想活了拉倒！但后来我听见她在厨房里跟他说话，低声下气地恳求着。最后我哥说，妈，你就别烦了行不行啊。

我哥工作的事真是让人摸不着头脑。绝对不是他有什么高度责任感，需要勤奋工作。拉法以前干过的唯一一件工作是向老桥镇的白人小孩贩毒。但就连干那个他也不是很积极。如果他想有点事情做的话，可以回去贩毒嘛——那挺容易的，我跟他也这么讲了。我们在克里夫伍德海滩①和劳伦斯港还认识不少白人小孩，有一大帮社会渣滓可以做我们的客户，但他就是不肯。贩毒能给后世留下什么遗产？

遗产？我简直不敢相信自己的耳朵。老哥，你是给毛纺店打工的！

那也比贩毒强。是个人都能贩毒。

难道卖毛线就是英雄豪杰干的事啦？

---

① 新泽西州城镇，附近有海滩度假胜地。

他把手放到大腿上。盯着手看。你过你的日子，尤尼奥。我过我的。

我哥从来就没什么理智可言，但这次是真让我们惊掉大牙了。我的理解是，他是实在闲得无聊，是住院八个月捂出毛病来了。是他吃的药把他脑子吃坏了。或许他就是想感受感受正常人的生活。说实话，他对去毛纺店上班这事还挺兴奋的。上班前要打扮得整整齐齐，小心翼翼地梳头——他以前头发浓密，化疗之后重新长出来的头发稀稀拉拉的。还早早起来准备，免得上班迟到。他每次一出门，我妈就重重地把门甩上，如果"哈利路亚"的祈祷小组在场的话，她们个个都数着念珠祷告。那阵子大部分时间我抽大麻抽得大脑缺氧，或者是在追奇斯奎克的那个女孩，但我还是去了毛纺店几次，看看他是不是脸朝下昏倒在马海毛货柜间的走廊上。那景象真是超现实。以前那么嚣张的坏小子现在居然老老实实地给顾客查货物价格，真是他妈的失败。我确定了他还在喘气，于是转身就走，从来不在那儿久留。他假装没看见我；我假装没被他看见。

他第一次领了工资回家的时候，把钱甩在桌上，大笑起来，老子发横财啦，耶！

可不是咋地，我说，你飞黄腾达了。

但那天夜里，我还是厚着脸皮问他借二十块钱。他看了看我，然后把钱递过来。我跳进汽车，去找劳拉和一些朋友玩的地方。但我到的时候，已经没了她的影子。

我哥上班的挫事没维持多久。他怎么可能干得下去呢？他上了大约三个星期的班，在此期间他那瘦骨嶙峋的熊样让肥胖的白人女顾客心惊胆战。然后他的记忆力开始衰退，常常辨不清方向，给顾客找错零钱，张口随便骂人。最后他在一条走廊中间坐下，就怎么也爬不起来了。病得太厉害，没法开车回家，于是毛纺店的人打电话到我们家，我不得不从床上爬起来。我到毛纺店的时候，看见他坐在办公室，耷拉着脑袋。我扶他起来的时候，先前照看他的那个西班牙裔姑娘嚎了起来，就好像我要把他带去毒气室似的。这时他发着高烧，烧得他妈的滚烫。隔着他穿的斜纹粗棉布围裙，我都能感觉到他的体温。

老天爷呀，拉法，我说。

他连眼皮都没抬。咕哝着，我们走吧。

他四肢摊着躺在他的"君主"车①后座上，我开车带他回家。我感觉我要死了，他说。

你不会死的。不过你要是真死了，这车就归我，好吗？

---

① 二十世纪七八十年代福特公司出品的轿车。

我的宝贝车谁都不给。我要拿这车当棺材,和我一起埋了。

就这破车?

对头。还有我的电视和拳击手套,都和我一起埋。

你还要陪葬,你当你是法老啊。

他伸出大拇指。还要把你当奴隶,和这车一起给我陪葬。

他的高烧持续了两天,但过了足足一周,才有所好转,他在沙发上待的时间才比在床上待的长一些。我坚信不疑,他能活动之后肯定会跑回毛纺店,或者跑去报名参加海军陆战队什么的。我妈也担心他会那么疯。她一有机会就跟他唠叨,绝对不准他胡来。我绝对不准。她那"五月广场母亲"似的黑眼镜①后面,泪花闪闪的。我绝对不准。我是你妈,不准你再胡来了。

别烦我,妈,让我清静点。

你能猜得到,他肯定还要干什么蠢事。好消息是他没有回毛纺店上班。

坏消息是,他结婚了。

---

① "五月广场母亲"是阿根廷的一个人权组织。1976年至1983年间,阿根廷大约有三万名左派学生、知识分子、记者、工人因反对军事独裁统治而"被失踪"。自1977年起每星期四下午,丧失儿女的母亲们静静地拉起抗议的布条,在阿根廷总统府前的五月广场绕圆行走。这些纪念活动中,母亲们会戴着绣有儿女名字的头巾,很多人戴着墨镜以遮蔽流泪的双眼。

还记得那个西班牙裔妞儿吗,就是在毛纺店为他抹眼泪的那个?原来她也是多米尼加人。不是我和我哥这种多米尼加裔美国人,而是正儿八经的多米尼加人。是刚偷渡来、没有合法证件的多米尼加人,而且肥得要命。拉法还没好转呢,她开始来我们家转悠了,一副巴结讨好的样子。她和他一起坐在沙发上看"电视世界"①节目(我家里没有电视,她跟我们这么说了起码二十次)。她住在伦敦排屋 22 号楼,跟她的小崽子阿德里安一起挤在一个小房间里,房主是个年纪比较大的古吉拉特人②,所以跟我们待在一起对她来讲挺舒坦的,她还厚着脸皮把我们称作她的"亲人"。尽管她装出体面女人的样子,两腿合拢免得走光,讲文明懂礼貌地管我妈叫"太太",拉法还是章鱼似的死缠着她。她第五次来我们家的时候,他就把她往地下室领了,也不管祈祷小组在不在。

她叫普拉。普拉·阿达梅斯。

但我妈管她叫"狗屎普拉"。

好吧,其实我倒感觉普拉并不坏。她比我哥以前勾搭过的大部分娘们儿都强。普拉漂亮极了:身材高挑,有印第安人那

---

① 电视世界(Telemundo),美国第二大西班牙语电视台,仅次于全球西班牙语电视网(Univision)。
② 印度的一个民族。

种美,脚丫子很大,激情奔放的面孔,但和一般的贫民窟辣妹不同的是,普拉好像挺单纯,不懂得怎么利用自己的美貌来获得利益。从她笨拙的仪态到讲话的口音——那是真叫土,我连一半都听不懂,她经常说土里吧唧的多米尼加方言——她是个不折不扣的乡巴佬。你要是听她唠叨的话,能让你耳朵生茧子,而且她真是够诚实:不到一周时间,她把她这一生的鸡零狗碎全都告诉我们了。她小的时候爸爸就死了;她十三岁的时候,她妈就收了一个五十岁的吝啬鬼一笔钱(没具体说是多少钱),做主把她嫁给了那老头(她的第一个儿子奈斯托尔就是这么来的);就这么过了几年苦日子之后,终于有了一线希望,她的一个在美国生活的姨妈需要有人照顾白痴儿子和卧床不起的丈夫,于是把普拉从拉斯马塔斯德法凡[1]带到了纽瓦克;然后普拉又逃离了姨妈家,因为她来美国可不是为了给别人做牛做马,再也不了;随后四年她生活拮据,颠沛流离,先后混过纽瓦克、伊丽莎白[2]、帕特森、联盟城、博斯安柏伊(就是在那儿,一个疯狂的古巴人把她的肚子搞大了,于是就有了第二个儿子阿德里安)等好多地方,人善被人欺,到处都有人占她的便宜。现在她住在伦敦排屋,努力维持生计,等待好运找上门。她说到这

---

[1] 多米尼加圣胡安省一个城镇,多位著名棒球球星出生在这里。
[2] 新泽西州城市。

里的时候就阳光灿烂地看着我哥。

在多米尼加真的会有人这样包办婚姻吗,妈?

拜托,哪有这种事,我妈说,那婊子说什么你都别信。但一周之后,我听到她和马脸们哀叹乡下有多少这样的事情,我妈当年拼了命才没被疯外婆为了两只山羊的聘礼包办出去。

在怎么对付我哥的"女朋友"们的问题上,我妈的大政方针是很简单的。那些姑娘们个个都是没几天就被我哥甩了,所以我妈根本懒得去问她们叫啥名字,简直无视她们,就好像无视我们家留在多米尼加的猫似的。但倒不是说我妈对那些女孩凶。如果某个女孩向她打招呼,她也回礼;如果哪个女孩特别有礼貌,我妈也对她有礼貌。除此之外,我妈就啥都不管了。她对我哥的女朋友们的态度是一贯的、毫不动摇的、惩罚式的冷漠。

但是老天啊,对普拉就完全不同了。从一开始,我们心里就跟明镜儿似的,我妈不喜欢这姑娘。倒也不是完全因为普拉特别露骨,喋喋不休地讲她是黑户——要是她成了美国公民,她的生活该多美好啊,她的儿子的生活该好上千百倍啊,她就终于能回拉斯马塔斯看望母亲和另外一个儿子了。我妈和这种纯粹为了混张美国身份证而勾引男人的贱货也不是没打过交道,但从来没上过这么大的火。普拉那张脸、她勾搭癌症晚期病人的阴招以及她那性格,把我妈搞得火冒三丈。她可真是对普拉恨之入骨。或许此时我妈对未来已经有了预感。

不管是什么缘故,我妈对普拉是动真格的凶神恶煞。她要么不停地数落她,说她讲话腔调难听、穿的衣服不像话、吃饭没规矩(嘴张得太大)、走路姿势太骚、太村姑气、皮肤太黑,要么就假装她是隐形人,从她身边走过就跟没看见她似的,或者毫不客气地把她推到一边,对她最简单的问题也不理不睬。如果非提到普拉不可,我妈会这样说,拉法,那婊子想吃什么?甚至连我都看不下去了,妈,你这样干嘛,多不好。但火上浇油的是,普拉好像完全意识不到我妈对她的敌意!不管我妈多么不客气,或者说话多刻薄,普拉总是厚着脸皮逗她说话。我妈的凶劲儿非但没吓退普拉,反而让她更活蹦乱跳了。普拉和拉法在一起的时候还挺安静的,但我妈在场的时候,这丫头就滔滔不绝,对什么鸟事都要发表意见,别人不管说什么她都要插嘴,还满嘴跑火车地扯淡——比如美国的首都是纽约,还有全世界只有三个大洲——然后固守己见,到死也不肯松口。你会以为,既然我妈这么仇视她,她肯定得噤若寒蝉,才不呢!这丫头脸皮是真厚!去给我弄点吃的,她对我说。连个"请"都不说。我要是不替她去拿苏打水或者果馅饼,她就自己动手。我妈要是看见了，就把普拉手里拿的食物夺走。但我妈刚一转身，普拉就又打开冰箱找吃的了。她甚至还叫我妈把房子粉刷一下。这房子需要点色彩。太死气沉沉了。

我真不应该笑，但这也太他妈搞笑啦。

马脸们呢？你想啊，她们肯定得从中调解，缓和一下剑拔弩张的气氛吧，但她们呢，真是我妈的贴心好友，对她是煽风点火，唯恐天下不乱。她们几个一天到晚大鸣大放，攻击普拉。她皮肤太黑了。她长得太丑了。她在圣多明各有个儿子。在这儿还有一个。她没有丈夫。没有钱。没有合法居留文件。你觉得她来这儿是为了什么？她们给我妈敲警钟：要是普拉怀上了我哥的孩子（我哥是美国公民），我妈就得供养普拉、普拉的娃娃，以及普拉在圣多明各的所有七大姑八大姨了，而且得一直养下去。我妈本是个每天按时祈祷好多次的善心女人，这时却告诉马脸们，要是普拉怀了孕，她就自己拿刀把孩子从普拉肚子里挖出来。

你给我当心点，她对我哥说，我可不想家里有个臭猴子。

太晚了，已经有一个了，拉法说着，瞅了瞅我。

我哥原本可以缓解一点矛盾，叫普拉不要三天两头往我们家跑，或者只在我妈去厂里上班的时候让普拉来。但他哪天干过理智的事情呢？我们和普拉争斗的时候，他就坐在沙发上观赏,好像还挺喜欢这场闹剧似的。

他嘴上说很喜欢普拉,但真的是这样吗?难说。不过他对普拉的确要比对待其他女孩绅士得多。替她开门,说话客客气气,甚至还逗她的斗鸡眼儿子玩。他的前女友中有很多人如果能看到拉法这样对待她们,肯定死都愿意。她们都期待的是这样的好拉法。

这小两口甜蜜蜜的,但我还是不相信他俩能走多远。我哥对女人从来都是混两天就甩掉,向来如此,比普拉强的女人拉法也眼都不眨地甩过一大帮。

情况似乎就是在朝那个方向发展。过了一个月左右,普拉没了踪影。我妈倒没有欢庆胜利,但也没有不开心。不料又过了几周,我哥也失踪了。他把"君主"车开走了,也不知去了哪里。一天没回来,又是一天。这时我妈真要急疯了。四个马脸都拼命向上帝祷告,盼拉法安全回来。我也开始紧张了,我想起来,他刚得知诊断结果的时候立马跳上车,想开去迈阿密,他在那儿有个哥们还是什么的。他还没开到费城,车就趴窝了。我那会儿真是急坏了,最后跑到苔米·弗朗科家,想找她帮忙,但开门的是她的波兰老公,我就没敢开口,于是转过身走了。

第三天夜里,我和我妈坐在家里等着,这时"君主"车在门口停下了。我妈跑到窗前。她紧紧地攥着窗帘,指关节都发白了。他回来了,她最后说道。

拉法冲了进来,后面跟着普拉。他显然是酩酊大醉,普拉穿得花枝招展,好像他俩刚从夜总会回来似的。

欢迎回家,我妈平静地说。

看哪,拉法说着,抓住普拉的手,让我们看他俩的手。

他们都戴着结婚戒指。

我们结婚啦!

是正式的哦,普拉喜气洋洋地说着,从手提包里取出结婚证。

我妈先前是虽恼怒但如释重负,现在表情变得没法捉摸了。

她怀孕了吗?她问道。

还没有,普拉说。

她怀孕了吗?我妈直直地盯着我哥。

没有,拉法说。

咱们喝一杯,庆祝下,我哥说。

我妈说,在我家里不准喝酒。

我要喝一杯。我哥走向厨房,但被我妈伸着胳膊拦住了。

妈,拉法说。

在我家里不准喝酒。她把拉法推了回去。如果你想就这样——她把手向普拉的方向甩了甩——过一辈子,那么,拉法埃尔·乌尔巴诺，我和你没话可说了。你就跟你的婊子走吧，别回来了。

我哥的眼神好像泄了气。我哪儿也不去。

你们两个都给我出去。

有那么一秒钟时间，我以为我哥要动手打我妈。我真是这么想的。但他好像一下子没了火气。他搂住普拉（普拉看上去好像终于发现我妈不喜欢她似的）。再见，妈，他说。然后他和普拉走回"君主"车，开走了。

把门锁上，我妈就说了这么一句话，然后回了她的房间。

我绝没想到，我妈和我哥的冷战居然持续了那么久。我哥一向是她的心肝宝贝，她能为他摘星取月。不管他干了多么下三滥的事情——他是干过不少荒唐事——她永远百分之百地站在他那边，只有拉丁裔母亲能这样无条件地爱自己的宝贝头胎儿子。假如拉法哪天回家说，嘿，妈，我把全世界的人杀了一半，我妈肯定还会替他辩护，嗯，儿子，反正地球人口过剩。拉丁文化就是特别重视亲情的，再加上我哥得了癌症，但你还得考虑到，我妈头两次怀孕都流产了，她怀拉法之前，已经有好多年以为再也不能生育了；我哥出生的时候险些夭折，他两岁之前，我妈一直有种病态的恐惧（这是我姨妈告诉我的），担心会有人绑架拉法。况且，我哥长得特别帅——被她宠坏了的心肝宝贝儿——你应该能理解我妈为什么这么疼拉法这个疯小子了吧。我经常能听到当母亲的说，为了孩子，她们死也愿意；但我妈从来没说过这种屁话，因为她不需要说出来。她对我哥的爱清清楚楚地写在她的脸上，用的是112磅图帕克哥特体。

所以我估计，没过几天她就会心软，然后和我哥拥抱亲吻（也许会踢普拉的脑袋一脚），然后大家和解，又是亲热一家人了。但我妈不是在装样子，拉法又一次登门的时候，她就是这样告诉他的。

你不要再来了，我妈坚定地摇头，去跟你老婆过日子去。

我都已经够吃惊的了，我哥更是惊得屁滚尿流了。×你，他对妈说。我对他说，不准你这么跟我妈说话。他对我说，也×你。

拉法，拜托，我跟着他走到街上说道。你不可能是认真的吧——你根本都不了解那娘们。

他不肯听我的话。我走近他的时候，他一拳打在我胸口。

那你好好享受印度人的臭气吧，我对他的背影喊道，还有婴儿屎。

妈，我说，你在想啥呢？

你问他，他在想啥。

两天后，我妈去上班了，我在老桥镇和劳拉一起玩——其实也就是听她吐槽自己的继母——拉法自个儿进了家里，把他的东西都拿走了。另外他还把自己的床、电视机和我妈的床也一股脑儿搬走了。看见他这番动作的邻居说，有个印度人帮他搬东西。我气疯了，想报警，但我妈不准。如果他就想这么过下去，我可不会拦着他。

太好了，妈，但我他妈的上哪儿看电视去？

她冷冷地看着我。我们不是还有一台电视嘛。

我们的确还有一台。十英时的黑白机，音量还锁死在第二档上。

我妈叫我去罗丝太太家搬一张额外的床垫下来。出了这样的事真是太糟糕了，罗丝太太说。这算什么，我妈说，我小时候睡的地方比这差多了。

有一天，我在大街上看见我哥跟普拉和她的小孩在一起。他消瘦了很多，衣服空荡荡地挂在身上，状况真是不堪。我喊道，你这贱人，妈都睡地板了你知不知道！

不要跟老子我讲话，尤尼奥，**他警告道**，要不然老子把你脖子割了！

有种你就来啊，**我说**，有种你来。现在他体重只有110

磅[1]，而我一直在练仰卧举重，现在体重已经有179磅[2]（当然我可能有点夸张啊），但他只是用手指在自己脖子上做了个割喉的动作来吓唬我。

别来烦他，普拉哀求着想阻止拉法来打我，别来烦我们大家。

哦，你好啊，普拉。你还没被遣返啊？

这时我哥冲了过来，虽然他只剩110磅，但我决定还是不要冒险。于是我逃跑了。

我妈固执己见，不肯心软，这我倒是真没想到。她去上班，和小组一起祈祷，其余时间都待在自己房间里。他已经做了选择。但她仍然为他祈祷。我听见她在小组里恳求上帝保护他、治愈他、给他辨别是非的能力。有时候她让我去给他送药，其实是为了看看他情况怎么样。我不敢去，害怕他会在门廊上就把我打死，但我妈坚持叫我去。放心，你死不了，她说。

我得先请那个古吉拉特房东放我进大门，然后得敲门，才进得去他俩的房间。普拉把房间收拾得挺利索，为了接待我还打扮得漂漂亮亮的，把她儿子也拾掇得像点样子（虽然还是穷移民的摸样）。她真是完全投入了贤妻良母的角色里。还亲热地

---

[1] 约50公斤。
[2] 约81公斤。

拥抱我。最近怎么样啊，小兄弟？但拉法对我很冷淡。他只穿着内衣躺在床上，对我一句话也不说。我和普拉坐在床边上，恪尽职守地向她解释药品用法。普拉不停地点头，但看她那表情好像什么都没听懂似的。

然后我小声问普拉，他吃饭还正常吗？有症状吗？

普拉看了我哥一眼。他结实得很。

没有呕吐？没有发高烧？

普拉摇了摇头。

那好，我站了起来，再见了，拉法。

再见了，狗日的。

我看望哥哥回来的时候，总能发现罗丝太太陪着我妈，免得她显得绝望。他看上去怎么样？罗丝太太问道，他说什么了吗？

他骂我是狗日的。这说明他精力还很好。

有一次，我和妈去帕斯玛超市的时候，看见我哥、普拉和她的小崽子在远处。我转过头去，看他们会不会挥手打招呼。但我妈就像没看见似的，一个劲地往前走。

九月份到了，又开学了。劳拉，就是我一直在追并且免费给她大麻的那个白妞，又回到了她正常的朋友圈子里。在学校里遇见的时候，她还会打招呼，但她突然间再没有时间和我一起玩了。我的哥们儿感觉这太搞笑了。看样子人家没看上你。看样子人家没看上我，我说。

按理说这是我高中最后一年了，但我不知道能不能正常毕业。我已经被取消了大学预科班的资格——这在雪松岭中学[①]意味着我上不了大学了——我整天就读闲书，抽大麻抽得太凶、看不进去书的时候，我就盯着窗外。

就这么混了几星期之后，我又开始逃课了，我被取消预科班资格就是因为逃课。我妈上班早出晚归，而且看不懂英语，所以我不怕被她发现。有一天，我躲在家里，这时前门开了，我哥走了进来。看到我坐在沙发上把他吓了一大跳。

你他妈的在这儿干啥？

我笑了。你他妈的在这儿干啥？

他看上去没个人样。嘴角有个黑色的唇疱疹，眼窝深陷。

你狗日的最近是怎么啦？你这模样是真惨。

他不理我，径直走进我妈的房间。我坐在原地不动，听见他扒来扒去的声音，然后他走了出来。

他又这么干了两次。直到第三次看见他在我妈房间里乱扒

[①] 新泽西州一所高中，迪亚斯本人就是这所学校毕业的。现在是老桥镇高中的一部分。

东西，我这齐齐与琼①式的臭脑子才终于意识到这究竟是怎么回事。拉法在偷我妈藏在房间里的钱！我妈把钱藏在一个小金属箱子里，箱子的地点经常换，但我一直注意着它的下落，以防急需用钱。

我走进房间，看见拉法正在柜橱里乱扒。我从一个抽屉里把我妈的藏钱箱拿出来，夹在胳肢窝里。

他从橱柜里出来。他看了看我，我看了看他。给我，他说。

屁都不给你。

他伸手抓住我。要是在他得病之前，我绝不是他的对手——他能把我大卸八块——但现在双方实力对比已经发生了变化。这是我有生以来第一次有能力揍他，我不知道我是更高兴还是更害怕。

我们扭打起来，打翻了不少东西，但我死死护住钱箱，最后他不得不松手。我做好了再打一轮的准备，但他已经开始发抖了。

那好吧，他喘着粗气，你留着钱。你等着，我很快就要你好看，臭狗屎。

我好怕怕哦，我说。

---

① 齐齐与琼（理查德·"齐齐"·马林和汤米·琼）是二十世纪七八十年代出名的美国喜剧演员和电影明星，对嬉皮士文化影响很大。

那天夜里，我把这事全告诉了妈（当然了，我强调说，那是我放学回家之后发生的）。

她打开炉子（锅里是早饭剩的豆子）。请你不要和你哥打架。他想拿什么就让他拿。

但他在偷我们的钱！

那就让他拿。

混账，我说，我要把锁都换了。

不行。这也是他的家。

妈，你在开玩笑吧？我简直要气炸了，这时我突然意识到了什么。

妈？

嗯，儿子？

他这么干有多久了？

干什么？

偷钱。

她背对着我，不回答。于是我把小金属箱放到地上，走出屋子抽支烟。

十月初，普拉打来一个电话。他感觉不太好。我妈点了点头，于是我过去看看他。"感觉不太好"实在是太轻描淡写了。

我哥这么说完全是错觉作怪。他发着高烧，我用手摸摸他，他两眼看着我，但根本没认出我是谁。普拉坐在床边，抱着儿子，装出一副忧心忡忡的样子。把汽车钥匙给我，我说，但她只是勉强笑笑。钥匙丢了。

她当然是在撒谎。她知道，如果把钥匙给我，她就再也别想看见那辆"君主"车了。

他走不动路。他连动动嘴唇都困难。我想背他去医院，但我怎么能背着他走十个街区的路呢，而且在这个社区里破天荒头一遭找不到人帮忙。这时拉法已经满嘴胡话，我真是吓坏了。不骗你，我真的是要抓狂了。我想：他要死在这儿了。这时我看见一辆购物手推车。我把他拽过来，把他放进小车里。好啦没事啦，我对他说。没事啦。我推着他出了门，普拉从门廊上看着我们。我得照顾阿德里安，去不了医院，她解释说。

我妈的祈祷肯定是感动上帝了，因为那天我们经历了一个奇迹。猜猜看，是谁的车停在门前，是谁看到手推车载的内容马上跑过来，又是谁开车把拉法、我、我妈和所有马脸送到了以色列之家医院[①]？

[①] 新泽西州纽瓦克市最大的医院，最初是犹太团体建立和经营的，因此得名。

对头，是苔米·弗朗科，就是大奶子飞飞。

他这次住院住了很久。在此期间，以及之后的时间里出了不少事情，但没有姑娘上门了。他的风流史算是拉上帷幕了。苔米不时来医院看他，但就像过去一样，她就坐在那儿，一句话也不说，他也一言不发，过了一会儿她就走了。这他妈的是搞什么？我问我哥，但他从来没有解释过，一个字都没解释过。

至于普拉，我哥住院期间，她一次也没去看过。后来她又来了我们家一次。那时拉法还在以色列之家医院，所以我没有义务给她开门，但如果不开门又挺傻的。普拉在沙发上坐下，想拉拉我妈的手，但我妈不理她。普拉把阿德里安也带来了，那小浪荡鬼一进门就到处乱跑，打翻东西，我真想在他屁股上狠踹一脚。普拉满脸顾影自怜地解释说，拉法曾经借过她的钱，现在她需要用钱；否则，房东就要把她扫地出门了。

我靠，拜托不要编这么低劣的谎言好不好，我吐了口唾沫。

我妈仔细地盯着她。多少钱？

两千块钱。

两千块钱。这可是八十年代，那简直是巨款。这婊子在大放狗屁。

我妈深思熟虑地点点头。你知不知道他拿这钱干了什么？

我不知道，普拉小声说。他什么事情都不告诉我。

然后这狗日的居然笑了出来。

这娘们真是个天才。我妈和我都心烦意乱，她倒好，坐在那儿大大咧咧、神清气爽的。现在事情已经到这地步了，她连装都不装了。我要是有那个精气神的话，真得替她的精彩表演鼓掌，但我实在是太沮丧了。

我妈好长时间没说话，然后走进她的卧室。我估计她要去拿我爸的周六晚特供①，那是他离家出走之后，我妈留下的唯一一件他的东西。是为了自卫，她是这么说的，但她更可能是打算万一再见到我爸就用这枪把他打死。我看着普拉的小孩快快活活地把《电视指南》②扔来扔去。我不禁想，他会不会喜欢没妈的日子。这时我妈走出来了，手里拿着一张一百块钱钞票。

妈，我虚弱地抗议。

她把钱递给普拉，但没放手。她俩互相对视了一分钟，然

---

① "周六晚特供"这个俚语指的是廉价或劣质的手枪，往往由下层黑人或拉丁裔人使用。这个得名可能是因为周六晚常常发生狂欢导致的流血事件。
② 美国一种杂志，创刊于1953年，现在是全美销量前列的刊物之一。其主要内容包括电视节目表、电视节目动态、名人访谈、八卦流言和电影评论等。有时也会刊登一些星象占卜和填字游戏。

后我妈松了手。她俩使的力气那么大，钞票砰的响了一声。

愿上帝保佑你，普拉说，理了理胸口的衣服，然后站了起来。

普拉、她儿子、我们的汽车、我们的电视、我们的两张床还有拉法替她偷的也不知道多少钱，统统一去不复返了。圣诞节前的什么时候，她离开了伦敦排屋，下落不明。这是我有次在帕斯玛超市遇见那个古吉拉特人的时候，他亲口告诉我的。普拉欠了他差不多两个月的房租，他还在耿耿于怀。

下次再也不租给你们拉丁裔了。

阿门，我说。

你或许会想，拉法终于出院之后，总该有点悔恨的意思了吧。才不呢。他对普拉一个字也没提。他对任何话题都不怎么发布意见。我想，他一定是真真切切地意识到，他的病好不了了。他每天看很多电视，有时慢慢地步行去垃圾填埋场转悠。他开始戴十字架，但不肯听我妈的话，去祈祷或者感谢耶稣。马脸们几乎天天都在我们家集合，我哥就看着她们，有时为了故意气她们，说一句，× 耶稣，但这只让她们祈祷得更卖力。

我尽量避开他。我终于有了个女朋友，她还没有劳拉一半好看，但至少喜欢我。她教我吸迷幻蘑菇，于是我就整天逃课，和她一起醉生梦死。我压根不去想未来。

有时候，我和拉法两人单独在家。电视上有比赛的时候，我试着和他谈话，但他从来不理我。他的头发全都没了，现在在室内也戴着洋基队①的帽子。

他出院后一个月左右的一天，我从商店回来，手里拎着一加仑牛奶，因为吸了毒，所以飘飘欲仙的，脑子里想着我的新女朋友，这时不知怎地，我的脑袋轰的一声。我脑子里所有的电路一下子都熄火了。我也不知道自己是怎么瘫倒在地的，也不知昏迷了多久。最后我终于爬了起来，跪在地上，脸上火辣辣地疼，手里拿的不是牛奶，却是一个巨大的耶鲁挂锁②。

我回到家，妈妈在我脸颊下方的淤血处敷上敷布，我才琢磨出来这究竟是怎么回事。有人向我投掷那个挂锁，正好砸在我脸上。这个人在高中棒球队的时候，投掷的快速球的速度就高达每小时93英里③。

真是太可怕啦，拉法咯咯叫着，差点把你眼珠子打出来。

---

① 美国职业棒球大联盟的一支球队，主场在纽约。
② 小莱纳斯·耶鲁（1821—1868），美国工程师与发明家，于1865年注册了一种挂锁的专利。
③ 约150公里每小时。这在棒球赛中已是非常惊人的投球速度。

后来,我妈上床睡觉了,他无比冷静地对我说,我不是跟你说过吗,我会要你好看的。我说过的吧?

然后他放声大笑。

冬　天

从西敏路（我们的主街）往东眺望，可以看见地平线上有一条窄窄的银边，那就是大海。爸爸也曾见过这图景——他的老板会把这景象指给所有新来的工人看——但爸爸开车把我们从肯尼迪国际机场接走的时候，并没有停下车来指给我们看。如果看到大海的话也许会让我们感觉好一些，尤其是因为我们不得不面对这个完全陌生的国度。伦敦排屋是个狗窝一样的地方，半数房子的电线还没布好，在夜色中，这些房子杂乱无章地伸展着，好似砖砌成的搁浅了的轮船。没铺砾石的地方到处是烂泥，深秋才种的草一丛丛地从积雪里伸出来，全都枯萎了。

每栋楼都有自己的洗衣房，爸爸解释说。妈妈从风雪大衣的兜帽里茫然地望着车窗外，点了点头。那太好了，她说。我看着漫天飘落的鹅毛大雪，心里很害怕，我哥在掰弄自己的指关节。这是我们来到美国的第一天。冰天雪地。

在我们的眼里，这公寓简直奇大无比。拉法和我各有一个自己的房间；那配有冰箱和电炉的厨房简直跟我们在萨姆纳·威尔斯街①的整栋房子差不多大。我们冷得发抖，直到爸爸把室内温度调到华氏八十度左右②，才让我们缓过劲儿来。窗玻璃上的水滴像蜜蜂一样聚了起来，我们要擦擦玻璃才能看得见外面。拉法和我穿着时髦的新衣服，都想出去玩，但爸爸叫我们把靴子和大衣脱掉。他让我们在电视机前坐下。他精瘦的胳膊一直到短袖的袖口都是毛茸茸的，有点让人吃惊。他刚教了我们如何冲马桶，如何使用厨房洗涤槽，如何用淋浴。

这可不是贫民区，爸爸开口道，你们要对周围的一切东西认真对待。不要把垃圾丢在地上，或者丢到大街上。不要在外面灌木丛里大小便。

拉法用胳膊肘轻轻推了推我。在圣多明各的时候，我想在哪儿尿就在哪儿尿。我爸衣锦还乡的那天夜里，看到我在一个街角撒尿，就惊叫起来，你这小兔崽子在干啥呢？

住在这里的是体面人，咱们也要过体面日子。你们现在已经是在美国了。他的大腿上放着皇家芝华士酒瓶子。

我等了几秒钟，以此表示我已经听懂了他的话，然后问道，

---

① 圣多明各的一条街。萨姆纳·威尔斯（1892—1961），美国政治家和外交官，20世纪20年代曾担任美国驻多米尼加外交专员，对两国关系影响很大。他还著有两卷本《多米尼加共和国史》。
② 约摄氏 26 度。

我们现在能出去玩吗？

你们还是帮我把行李拆包吧？妈妈提议道。她的双手一动不动；放在平时，她的手肯定总在摸索着什么东西——一张纸，或者自己的袖口，或者两手互相搓弄着。

我们就出去一下子，我说。我站了起来，穿上靴子。假如我对爸爸有一丁点儿了解的话，我肯定是不敢这么不听他的话的。可我跟他简直就是素昧平生：过去五年里，他一直在美国工作，而我们一直在圣多明各等待。他一把抓住我的耳朵，把我拽回到沙发上。他看上去很不高兴。

我允许你出门的时候，你才能出门。

我看了看拉法，他安静地坐在电视机前。在多米尼加的时候，我俩曾经自己坐大巴横穿整个首都。我看了看爸爸，他的瘦脸对我来说还很陌生。你不要这么瞅我，他说。

妈妈站了起来。孩子们，来帮帮我吧。

我没有动弹。电视里，新闻播音员在用单调的低声互相讲话。有一个词，他们不停地重复。后来我上了学之后才知道，他们说的那个词是越南。

爸爸不准我们出门——他说因为外面太冷了，但其实他就是不想让我们出去——所以在最初的日子里，我们大多数时间都在看电视或者盯着窗外的雪。妈妈把屋里拾掇得一尘不染，每样东西都清洗了十次之多，还给我们做了特别丰盛的午饭。我们都无聊得一言不发。

我妈老早就认定，看电视是有好处的，可以帮助你学英语。她把我俩的脑袋瓜子看作生机勃勃的向日葵，需要沐浴阳光，于是把我们安排在离电视最近的地方，尽可能扩大电视的影响。我们看新闻、情景喜剧、卡通片、《人猿泰山》《飞侠哥顿》[①]《乔尼大冒险》[②]《宇宙泰山》[③]《芝麻街》[④]——每天要看八九个小时的电视，但对我们学英语帮助最大的是《芝麻街》。我俩每学到一个新词，就向对方不停地重复。妈妈叫我们演示怎么说那个词的时候，我们摇摇头说，别担心。

说给我听听嘛，她说。我们慢慢地把新词读出来，那声音就像巨大而笨拙的肥皂泡。她从来都学不会。即便是最简单的元音，她的嘴唇也对付不了。你说得太难听了，我说。

你又懂多少英语？她问道。

吃饭的时候，她试着用新学的英语跟爸爸讲话，但他只是

[①] 美国一个科幻冒险连环画系列，1934年问世，最初的画家是阿历克斯·雷蒙德。
[②] 美国六七十年代流行的动画片系列，主人公乔尼与他的父亲一起经历各种冒险。
[③] 美国1967年问世的科幻动画片系列。
[④] 美国极流行的幼儿教育电视节目。

戳了戳盘子里的猪肘子,这道菜不是我妈最擅长的。

你说的英语我一个字也听不懂,他最后说。最好还是让我跟外边的人打交道吧。

不跟人接触叫我怎么学英语呢?

你不需要学,他说。再说了,女人一般都是学不会英语的。

这门语言可是很难学的,他把这句话先是用西班牙语说,然后用英语又说了一遍。

妈妈没再说话。早上,爸爸前脚刚出门,妈妈就打开电视机,让我们坐在电视前。大清早屋里挺冷的,起床总是一种痛苦的折磨。

太早了,我们说。

这就像上学一样,她说。

不,不像,我们说。我们习惯了中午才去上学。

你们两个的牢骚也太多了。我们看电视的时候,她就站在我们身后。有时我转过脸来,看见她正默默地模仿我们正在学的单词,试着去理解它们的涵义。

就连爸爸起床之后一系列动作的声音对我来说也很陌生。我躺在床上,听着他在卫生间里磕磕绊绊地转来转去,就好像他喝醉了酒还是怎么的。我不知道他在雷诺兹铝业公司究竟干什么工作，但他的衣橱里挂着很多工作服，每件都沾满了机油。

我原先期待的父亲可不是这样的。在我想象中，父亲身高七英尺[①]，腰缠万贯，足以买下我们整个街区。但现实中的父亲只是中等身材，相貌也平平。他是坐着一辆破破烂烂的出租车来到我们在圣多明各的家的，他带来的礼物也都是小玩意儿——玩具枪和我们已经穿不下的小衣服，都是些一碰就破的便宜货。尽管他拥抱了我们，还带我们去马莱贡[②]吃大餐（那是我们第一次吃牛排），但我还是不知道应当怎么看待他。父亲是一种很难理解的东西。

我们来美国的最初几周，爸爸在家的大部分时间都在楼下看书或者看电视。他对我们说的绝大部分话都是训斥，我们对此并不感到意外。因为我们看见过别的爸爸训斥自己的小孩，所以对这种事并不陌生。

对我哥，我爸只是叫他不要嚷嚷，不要打翻东西。但对我，他老是因为鞋带的事情训我。爸爸对鞋带的事情很较真。我不会系鞋带，当我系了一个相当复杂的结的时候，爸爸就会弯下腰，轻轻一拉，整个结就散了。至少你将来能当魔术师，拉法这么挖苦我，但这事其实挺严重。拉法给我演示系鞋带，我说，

---

① 约2.1米。
② 即贝苏维奥·马莱贡餐厅，多米尼加一家有名的餐厅。

学会了,并且在他面前的时候系得好好的;但在爸爸面前——他一手扶着腰带,呼出来的气挠着我的脖子——搞得我怎么都系不好。我战战兢兢地看着爸爸,就好像我的鞋带通了电,而他命令我徒手把它们接起来似的。

我在警察局遇见过一些白痴,爸爸说,但就连他们都能把鞋带系好。他看了看妈妈。怎么他就不能?

这种问题怎么回答都不是。她低下头,仔细看着自己手背上凸起的青筋。有一秒钟的时间,爸爸水汪汪的乌龟般的小圆眼睛与我对视。不要这么瞅我,他说。

如果我把鞋带系得还算马马虎虎的话——拉法把我打的结叫作弱智结——爸爸还会喋喋不休地数落我的头发。拉法的头发很直,很容易梳——每个加勒比海老爷爷的梦想都是有这样漂亮的直发——但我的头发更像非洲人,有很多小卷,所以不得不接受没完没了的打理,时不时再梳个奇形怪状的发型[①]。我妈每个月都给我们剪头发,但这次她让我坐在理发椅上时,爸爸叫她不用管了。

只有一个法子能治,他说。你,去把衣服穿好。

拉法跟着我走进我的卧室,看着我扣好衬衫的纽扣。他紧

[①] 美国黑人和有黑人血统的拉丁人的鬈发被有些人认为是落后和丑陋的,所以这些族裔的有些人以直发为美。

紧地闭着嘴。我开始紧张了。怎么啦？我问。

没事。

那就别这么盯着我。我要系鞋带的时候，他主动帮我系上了。在门前，爸爸低下头看了看说，你的鞋带系得比以前好了。

我知道爸爸的货车停在哪儿，但故意往相反方向走，好看一眼邻里街坊。直到我绕过了拐角，爸爸才发现我没跟上去，大喊我的名字，于是我匆匆跑了回去，但我已经看到了在空地和雪地上玩耍的孩子们。

我坐在前排。他往录音机里塞了一盘约翰尼·本杜拉[①]的磁带，然后安安稳稳地开上了9号公路。路两边是成堆的脏兮兮的积雪。没有比积雪更糟糕的东西了，他说。下雪的时候挺好的，但积在地上就变成一摊屎了。

下雨的时候会不会出事故？

我开车的时候就不会。

拉里坦河岸上的沙灰色香蒲被冻得直直的。我们过河的时候，爸爸说，我就在下一个城镇上班。

我们来到博斯安柏伊，找到一个叫卢比奥的波多黎各裔天才理发师，他知道怎么对付糟糕的头发。他往我头发上涂了两

[①] 原名胡安·德·迪奥斯·本杜拉·里阿诺（1940— ），多米尼加著名歌手，曾任圣多明各市的市长。

三种乳膏，让我满头泡沫地在那儿坐了一会儿。他老婆给我洗了头。然后他看着镜子，研究了一会儿我的头发，拉扯了几下，再往上面涂了一种油，最后叹了口气。

最好全剃光，爸爸说。

我还有几种东西，也许有用。

爸爸看了看表。剃光吧。

好的，卢比奥说。我看着镜子里剪刀在我的头发上耕耘着，看着我的头皮暴露了出来，看起来娇嫩又脆弱。休息区的一个老头鼻子哼了一声，把手里的报纸拿得高了一点。我心里难受得要命；我不想剃光头，但我对爸爸能说什么呢？我不知道怎么表达自己。卢比奥完工之后在我脖子上擦了滑石粉。小伙子挺帅嘛，他说，但明显没有底气。他给了我一条口香糖，我回家之后，我哥肯定会立马把它偷走。

好了吗？爸爸问。

剪得太多了，我实事求是地说。

这样更好，他说着，付钱给理发师。

我们走出理发店，刺骨的寒风猛扑在我的光脑壳上，狠狠地咬啮起来。

回家路上，我俩都一言不发。一艘油轮正开进拉里坦河上的港口。我想，溜上船然后逃到远方一定很容易。

你喜欢黑女人吗？爸爸问道。

我转过头去看刚刚经过的几个女人。我转回头去，意识到他在等待我回答，他是想知道我的看法。虽然我很想脱口而出，我什么样的女孩都不喜欢，但我还是说，是啊，他笑了。

她们很美，他说着点燃了一支香烟。而且特别会照顾人。

拉法一看见我就笑了。你那头看上去像个大拇哥。

我的老天爷，我妈说着，让我转过身去给她看。你为什么这样对他？

这样好看，爸爸说。

这么冷的天剃光头，他会着凉的。

爸爸把冰冷的手放到我头上。他自己挺喜欢的，他说。

爸爸每周要上五十个小时的班，他在家休息的时候希望我们保持绝对安静，但我哥和我实在是精力过剩，怎么也消停不下来；早上九点，爸爸还在睡觉，我们就把沙发当作蹦床，大闹起来。在多米尼加老家的时候，我们习惯了大街上一天二十四小时都能听得见隆隆巨响的梅朗格舞曲。我们楼上的邻居虽然自己经常大吵大闹、天翻地覆，这时却气冲冲地跑下来训斥我们：你们能不能别吵了？然后爸爸会从他房间出来（短裤都没扣好），说，我不是跟你们说过吗？跟你们说过多少次别吵?他揍起人来一点都不客气,于是我们要受罚整个下午——我们得躺在床上,不能下来,因为如果他走进屋来看见我们站在窗前盯着美丽的雪花,一定会扭着我们的耳朵狠揍我们,然后我们就得在角落里一跪就是几个钟头。如果我们跪的时候还捣蛋,还要闹着玩或者耍滑头,他就强迫我们跪在椰子榨丝机的锋利切口上,一直到我们膝盖流血、抽噎求饶,他才准我们起来。

现在该老实了吧,他满意地说。我们躺在床上,膝盖上涂着碘酒,火燎辣地疼。我们等他去上班,好来到窗前,把手放在冰冷的玻璃上。

我们透过窗户看着邻居家的小孩在堆雪人和雪屋、打雪仗。我告诉哥哥,我看见外面有非常开阔的原野,但他只是耸耸肩。对面四号公寓里住着一对兄妹,他们出门的时候,我们向他们挥手。他们也向我们挥手,要我们也出去玩,但我们只能摇摇头,我们不能出门。

那男孩把他的妹妹拉到其他孩子玩的地方。孩子们拿着铁铲,长围巾上积着一层雪花。那女孩似乎挺喜欢拉法,离去时向他挥手。他没有回礼。

不是说美国女孩都很美的吗,他说。

你见过美国女孩吗?

她不就是美国女孩吗？他伸手取出一块纸巾，一个喷嚏，喷出来一大堆鼻涕。我们全家都头疼、感冒、咳嗽；虽然屋里暖气已经调高了温度，但这冬天还是让我们吃不消。我在屋里也得戴着个圣诞节帽子，要不然光头就受不了；我这模样就像个愁眉苦脸的热带精灵。

我擦擦鼻子。如果这就是美国的话，还不如让我回家呢。

别担心。妈妈说我们可能会回去的。

她怎么知道的？

她和爸爸说过这事。她感觉回去的话更好。拉法闷闷不乐地用一只手指划过窗玻璃；他不想回多米尼加；他喜欢这里的电视和抽水马桶，并且已经在设想自己和四号公寓的女孩在一起了。

这我可不知道，**我说，**爸爸看上去不打算去别的地方。

你知道啥？你就是一堆狗屎。

我知道的比你多，**我说，**爸爸从来没说过要回多米尼加。我等他看完了"艾伯特和科斯特洛"节目①、情绪比较好的时候问，我们最近是不是要回去一趟。

回去做什么？

---

① 威廉·"巴德"·艾伯特（1895—1974）和卢·科斯特洛（1906—1959），美国著名的一对喜剧搭档，他们的节目在二十世纪四五十年代很流行。

走亲戚。

你就在这儿老老实实呆着，哪儿都别想去。

到第三周，我担心我们撑不过这个冬天了。在老家的时候，妈妈一直是我们的权威，但现在就连她也逐渐低声下气了。她给我们做饭，然后就坐在那儿等着洗盘子。她没有朋友，也没有邻居好去拜访。你们跟我说说话吧，她说，但我们告诉她，还是等爸爸回家吧。他会跟你说话的，我打包票地说。拉法的脾气比以前更坏了。我以前经常拉扯他的头发，只是闹着玩而已，现在他却会火冒三丈。现在我们经常打架，妈妈把我们分开之后，我们不会像过去那样和好，而是横眉冷对地分别坐在屋子的两个相对的角落，筹划着怎么干掉对方。我要把你活活烧死，他许诺道。你最好把四肢都标上数字，我告诉他，那样别人才能知道怎么把你的四肢重新拼凑成人形，好给你安排葬礼。我们恶狠狠地盯着对方，活像两只爬行动物，用视线对喷着毒素。无所事事让我们的生活更难熬了。

一天，我看见四号公寓的兄妹收拾齐整准备出去玩。我没有向他们挥手，而是穿上自己的风雪大衣。拉法坐在沙发上，用遥控器在一个中餐烹饪秀和一个少年棒球联盟全明星比赛之间换来换去。我要出去，我告诉他。

你不敢的，他说，但当我推开前门时，他叫道，嘿！

外面非常非常冷，我在楼梯上差点摔倒。街坊里没人热衷于扫雪。我用围巾遮住嘴，跌跌撞撞地走过坑坑洼洼的积雪。在我们大楼的侧面，我追上了那对兄妹。

等等！我喊道，我想和你们一起玩。

那男孩半咧着嘴看着我，对我说的话一个字也没听懂，紧张地耸着肩膀。他的头发几乎是无色的，挺吓人。他妹妹的眼睛是绿色的，脸上有雀斑，戴着粉色皮毛的兜帽。我们戴的连指手套是同一个牌子，都是双人店①买来的便宜货。我停住脚步，和他们面对面；我们呼出的白色气息几乎能互相接触。四周尽是冰天雪地，寒冰在阳光照射下非常耀眼。这是我第一次和美国人接触，我感到很放松、很自信。我用戴着连指手套的手比画着，笑着。那女孩转向她哥哥，也笑了。他对她说了什么，然后她跑向其他孩子玩耍的地方。她一边跑一边笑，留下一串银铃般的笑声和白色的温暖气息。

我一直想出来玩，我说，但我爸爸现在还不准我们出来。他说我们太小了，但你看，我比你妹妹大，而且我哥哥看上去也比你大。

---

① 一个连锁折扣店品牌，1946年成立，1982年歇业，主要在纽约大都会区域（包括新泽西州部分城镇）经营。

那男孩指了指自己。埃里克，他说。

我叫尤尼奥，我说。

他一直在咧着嘴笑。他转过身，向正在接近的一群孩子迎面走去。我知道拉法正从窗户里观察我，于是抑制住回头向他挥手的欲望。美国孩子们在远处打量我，然后走开了。等等，我说道，但这时一辆奥兹莫比尔汽车①开进了附近的停车场，它的轮胎上满是烂泥和污雪。我没法跟上那些孩子。埃里克的妹妹回头看了一次，她的一绺头发从兜帽里探出来。孩子们走远之后，我站在雪地里，直到两脚冰凉。我怕爸爸揍我，不敢走得更远了。

拉法懒洋洋地躺在电视机前。

×他妈婊子养的，我说着，坐了下来。

你看上去冻僵了。

我没理他。我们坐在那儿看电视，这时突然一个雪球打中了通往天井的玻璃门，我们俩都吓了一大跳。

怎么回事？妈妈在她房间里问道。

又有两个雪球在玻璃上炸开了花。我在窗帘后偷偷往外望，看见那兄妹俩躲在一辆积着厚厚一层雪的道奇汽车后。

---

① 通用公司旗下的一个汽车品牌，拥有一百多年的历史，但在2000年退出了市场。

啥事没有，妈，拉法说，就是雪。

什么，难道雪会跳舞了吗？

就是雪落了下来，拉法说。

我俩都站在窗帘后面，看着埃里克又快又猛地投掷雪球，就像个棒球投手似的。

每天都有满载垃圾的卡车开进我们街坊。垃圾填埋场在两英里之外，但在冬季空气的传播下，噪音和恶臭一直飘到我们这里，丝毫未减。我们打开窗户的时候，就能听见并闻到推土机在填埋场的顶端把垃圾推成厚厚的、腐臭的一层。我们可以看见成千上万只海鸥在垃圾堆上觅食或者盘旋。

你看见有孩子在那里玩吗？我问拉法。我们勇敢地站在门廊上；爸爸随时都可能开进停车场，看见我们。

肯定有。难道你不想去那儿玩？

我舔舔嘴唇。那儿肯定能找到很多东西。

很多的，拉法说。

那天夜里，我梦见了老家，梦见我们从来没有离开那里。我醒来时，喉咙疼痛难忍，发起了高烧。我在洗涤槽里洗了把脸，然后坐在我们的窗边；我哥还在睡觉；我看着窗外冰块落下来，在汽车表面冻出一层外壳；看着雪花和人行道。据说，人长大之后，就丧失了学习在陌生地方睡觉的能力，但我从来没有过这种能力。大楼现在才安顿下来，像点样子；那新钉下的钉子带来的魔力逐渐消散，我们渐渐习惯这新环境了。我听见起居室有人在走路，走过去一看，是妈妈站在通往天井的门前。

你睡不着觉？她问道，在荧光灯闪耀下，她的脸很光滑，很完美。

我摇摇头。

咱俩一直都很像，她说道，这样日子可不会好过些。

我搂住她的腰。光是那天早上，我们就从天井门口看见三辆搬家的卡车。但愿新邻居是多米尼加人，她把脸抵在玻璃上说，但最后那些新邻居是波多黎各人。

后来她肯定是把我送回了床上，因为第二天早上我醒来时，发现自己躺在拉法身旁。他还在打呼噜。隔壁房间里爸爸也在打呼噜，我内心深处知道，我是个睡觉不踏实的人。

这个月底，推土机在填埋场表层盖上了一层松软的金黄色泥土。遭到驱赶的海鸥在填埋场上空成群飞着，四处周旋，恣意排便，直到新的一批垃圾被运来时才会消停下来。

我哥在努力做模范好儿子；其他方面他总的来讲都还是老

样子，但对爸爸却是亦步亦趋、令行禁止，他可是对任何人都没这么乖过。我哥通常是个野小子，但在爸爸家里却变成了个好孩子。爸爸说不要出门，拉法就乖乖待在家里。这就像是在来美国的旅程中，拉法天性中最锋利的部分被消磨光了。一段时间之后，他的野性肯定就会死灰复燃，而且保准比以往变本加厉。但在最初的几个月，他是规规矩矩的。我想以往的熟人恐怕都认不出这个新的拉法了。我也希望爸爸能喜欢我，但我不愿意老老实实地听话；我常常出门去雪地里玩一会儿，但从来都不远离公寓楼。你会被爸爸逮住的，拉法预言道。我看得出我的大胆让他十分痛苦；他从窗户里看着我堆雪房子、在雪堆里打滚。我离美国人远远的。当我看见四号公寓的兄妹时，就不再四处胡闹，开始做好准备伺机偷袭他们。埃里克向我挥手打招呼，他的妹妹也挥手；但我不回礼。有一次，他走过来，让我看他的棒球，那肯定是他刚搞到手的。有罗伯托·克莱门特[①]的签名哦，他说，但我继续用雪盖我的堡垒。他的妹妹憋得小脸通红，大声喊了句什么，于是埃里克就走开了。

一天，那女孩一个人在外面，于是我跟着她走到空地上。雪地上乱糟糟地散布着一些巨大的混凝土管道。她弯腰钻进了

---

① 罗伯托·克莱门特（1934—1972），波多黎各籍棒球明星，曾经效力于美国职业棒球大联盟的匹兹堡海盗队。

一条管道，我跟了上去，跪着往前爬。

她在管道里坐下，盘着腿，咧嘴笑着。她脱掉连指手套，搓着双手。风刮不到我们，于是我也效仿她。她用一只手指指了指我。

尤尼奥，我说。

伊莲，她说。

我们坐了一会儿，我心急火燎地想和她交流，搞得脑袋发涨，她一直在往手上吹气。然后她听见她哥哥在叫她，就赶紧跑出了管道。我也走了出去。她站在她哥哥旁边。他看见我，喊了句什么，然后向我扔了一个雪球。我也回击了一个。

在一年之内，他们会搬走。这个社区所有的白人都会搬走。留下的只有我们有色人种。

晚上，爸爸和妈妈在谈话。他坐在餐桌的一端，她靠过去，问道，你打不打算把孩子们带出去？你不能就这样把他们锁在家里。

他们很快就要上学了，他说，一边抽着烟斗。冬天一过去，我就带你们去看大海。你知道，在这儿也看得见大海，但还是在近处看更好。

冬天要持续多久？

没多久了，他许诺说，你会看到的。再过几个月，你们就会把冬天忘个一干二净，到那时我也不用上这么多班了。春天的时候，我们就能一起旅行，开开眼界。

但愿如此，妈妈说。

我妈不是个好欺负的女人，但在美国，她却心甘情愿地让爸爸彻底压制她。如果他说他要连续上两天班，她就说，好吧，然后给他做足够吃两天的莫罗饭①。她情绪低落，愁眉苦脸，想念她的父亲、朋友和邻居们。所有人都警告过她，美国是个很难混的地方，甚至连魔鬼都混不下去，但是没有人告诉过她，她的下半生要和孩子们一起被大雪困在家里。她写了一封又一封信回家，恳求她的姐妹们尽可能早点来美国。这个社区空荡荡的，没有朋友。她还恳求爸爸把他的朋友带到我们家来。她想拉拉家常，想和自己的孩子和丈夫之外的人聊聊天。

你们都还没做好准备，**爸爸说**，看看这房子。看看你的孩子的熊样。站没站相，坐没坐相，让我都脸红。

你可别怪这房子不干净，我可是整天打扫的。

那你两个儿子呢？

妈妈看看我，然后看看拉法。我有一只鞋的鞋带没系好，

---

① 一种多米尼加传统饭，由大米等谷物和豌豆、玉米等混合而成。

于是赶紧用另一只脚把它盖住。这之后她就让拉法帮我系鞋带。每天我们听见爸爸的货车开进停车场的时候,妈妈就把我们叫过来,紧急检查一下。头发、牙齿、手、脚。如果有什么不对劲的地方,她就把我们藏在卫生间里,收拾好了才能出来。她做的晚饭越来越丰盛了。她甚至主动替爸爸换电视频道,也不再骂他是懒虫了。

好吧,他最后说,这样还说得过去。

也不一定要搞大的聚会,妈妈说。

连续两个星期五,爸爸都带一个朋友回家吃饭。妈妈穿上了她最好的聚酯纤维连衫裤,还把我们打扮得漂漂亮亮:红裤子、白色宽腰带、紫红和蓝色相间的钱斯牌衬衫。她兴奋得气喘吁吁,这让我们心里也燃起了希望,或许我们的生活能有所好转,但这些聚会真是不尴不尬啊。这些客人都是单身汉,要么在跟爸爸说话,要么就色迷迷地盯着妈妈的屁股。爸爸似乎很喜欢和他们待在一起,但妈妈一直没有坐下,她忙于上菜、开啤酒和换电视频道。每次请客的晚上,刚开始的时候,她都很大方,没有拘束,嬉笑怒骂,但当男人们吃撑了肚子,把腰带松开,惬意地把鞋脱掉露出脚趾,谈着他们自己的话题时,她就畏缩了。她越来越拘谨,最后脸上只剩一个紧张、谨慎的笑容,那笑容在屋子里飘过,就好像阴影在墙上飘过似的。聚会的大部分时间里,我和哥哥都被忽略不计,只有一次,第一个客人,叫米盖尔的,问道,你们俩拳击和爸爸一样厉害吗?

他们打得挺好的,爸爸说。

你们的爸爸打拳速度很快。出拳迅猛。米盖尔探过身子来。我看过他狠揍一个美国佬,揍得他哭爹喊娘。

米盖尔带了一瓶贝尔穆戴斯朗姆酒①过来。他和我爸都醉了。

你们回自己房间吧,妈妈说着,摸了摸我的肩膀。

为什么?我问,我们只是在这儿干坐着而已啊。

我对我家的感觉也是那样,米盖尔说。

妈妈狠狠瞪了我一眼。闭嘴,她说,把我们推向我们的房间。于是我们就坐在屋里,听外面的动静。两次聚会上,客人吃饱了之后都赞扬妈妈的厨艺,祝贺爸爸有这样的好儿子,然后为了礼貌起见再待上一个钟头左右。他们抽烟、玩多米诺骨牌、聊八卦,然后是不可避免的——呃,时间差不多了,我得走了。明天还要上班。你懂的。

那是自然。咱们多米尼加人就是工作狂。

客人走后,妈妈在厨房里安静地刷锅,把锅里的烤猪肉碎

---

① 多米尼加产的朗姆酒,种类很多。

屑刮下来丢掉，爸爸则穿着短袖坐在前门廊上。他在美国过了这五年，似乎已经一点也不怕冷了。他进来之后就洗澡，然后穿上工作服。今晚有夜班，他说。

妈妈停下手里用勺子刮锅的活计。你应当找个作息时间正常的工作。

爸爸耸耸肩。你要是感觉工作很好找，自己去找一个。

他刚一走，妈妈就拨开唱机上的唱针，打断了菲利克斯·德尔·罗萨里奥①的歌声。我们听见她在衣橱里穿上大衣和靴子。

你看她是不是要抛弃我们了？我问。

拉法皱起眉头。有可能，他说。

我们听见大门被打开的声音，于是走出房间，看到屋里空荡荡的。

我们最好去追她，我说。

拉法在门口停住脚步。咱们给她一分钟时间，他说。

你出啥毛病啦？

我们等两分钟吧，他说。

就等一分钟，我大声说。他把脸贴在通往天井的玻璃门上。

---

① 菲利克斯·德尔·罗萨里奥（1934—2012），多米尼加音乐人。

我们正要出门,她回来了,气喘吁吁的,周身被冷气包裹。

你去哪儿了?我问。

我去转了一圈。她把大衣挂在门背后的衣钩上。她的脸冻得通红,还直喘粗气,就好像她的最后三十步是猛跑过来的。

在哪儿?

就在拐角。

你为什么要这样?

她哭了起来,拉法伸手想搂她的腰,手被她打了下来。我们回了自己的房间。

我感觉她要发疯了,我说。

她就是太孤独了,拉法说。

大暴雪的前一天夜里,我听见狂风敲打着我们的窗户。第二天早上我醒来时,浑身都冻僵了。妈妈在摆弄暖气的调节阀;我们听得见水管里的潺潺水流声,但屋里一点也不暖和。

你们玩吧,妈妈说,玩起来就不冷了。

暖气坏了吗?

我不知道。她用怀疑的目光看了看调节阀的旋钮。可能是今天早上反应慢。

外面没有一个美国小孩在玩。我们坐在窗前,等他们出来。

下午，爸爸从工厂里打来电话；我接了电话，能听得见电话另一端有铲车的声音。

拉法吗？

不，是我。

去找你妈。

马上要下大暴雪，他向她解释道——我虽然站得远，但还能听得见电话里他的声音。我没办法回家。雪会下得很大。也许我明天能回去。

我应当怎么办？

待在室内不要出去。浴缸里装满水。

你在哪儿过夜呢？妈妈问道。

在一个朋友家。

她转过脸，不让我们看见。好的，她说。她挂了电话，坐在电视机前。她预料到我要纠缠她问爸爸的事，于是对我说，你看你的电视好了。

WADO 电台建议居民准备好额外的毛毯、水、手电筒和食品。这些东西我们都没有。如果我们被大雪埋住了怎么办？我问，我们会死吗？他们会不会坐船来救我们？

我不知道，拉法说，我对雪一无所知。我的话让他紧张起来。他跑到窗前，向外望。

我们不会有事的，妈妈说，只要注意保暖就好。她走过去又调高了室温。

但如果我们被大雪埋住了怎么办？

雪不可能下那么大。

你怎么知道呢？

因为就算十二英寸①的雪也不会埋住任何人，哪怕是你这样的讨厌鬼。

我走到门廊上，看着像筛得很细的白灰一样的大雪开始降落。如果我们死了，爸爸会内疚的，我说。

妈妈转过身，大笑起来。

一个小时内就下了四英寸②的雪，还在继续下个不停。

妈妈一直等到我们上床才出门，但我听见了开门声，于是叫醒了拉法。她又偷跑出去了，我说。

出去了？

是的。

他冷峻地穿上靴子。他在门前停了一下，回头看了看空荡荡的屋子。咱们走，他说。

她站在停车场边缘，正要穿过西敏路。公寓房透出的灯

---

① 约合 30.5 厘米。
② 约合 10.2 厘米。

光照射着冰冻的地面,我们的呼吸在夜空中凝结成白雾。大雪劲吹。

你们回家,她说。

我们没有动弹。

你们至少把前门锁上了吧?她问道。

拉法摇摇头。

天这么冷,小偷都不出来了,我说。

妈妈微笑着,在人行道上差点滑了一跤。在雪地上走路我老是滑跤。

我走得很稳的,我说,拉着我就是了。

我们穿过了西敏路。路上的汽车开得慢如龟爬,大风呼呼地吹,裹挟着雪粒。

这还不算糟糕,我说,这些人还没见识过飓风是啥样呢。

我们去哪儿?拉法问道。他不停地眨眼,免得雪粒落在他眼里。

一直往前走,妈妈说,那样的话我们不会迷路。

我们应当在冰上做标记。

她搂住我们俩。走直路的话比较容易。

我们走到公寓楼的边缘,望了望远方的垃圾填埋场,那是一座奇形怪状、暗影幢幢的小山,邻近拉里坦河边。整个填埋场上到处有垃圾燃烧的火焰，就像是脓疮，小山脚下有翻斗卡车和推土机在安静而虔敬地睡着。那气味就像是什么潮湿的、翻滚不停的东西被从河底扒了出来。然后我们看到了邻近的棒球场和没有水的游泳池，以及邻近的社区——帕克伍德，那里住着很多人，到处是小孩。

在西敏路的尽头，我们甚至看到了大海，它就像一把长弯刀的刀刃。妈妈在掉眼泪，但我们假装没有注意到。我们向缓缓开过的汽车投掷雪球。我摘掉了帽子，只是为了感受雪花飞落在我冰冷、坚硬的头皮上。

萝拉小姐

1

多年后，你会回想：当初若不是你哥的缘故，你会那么做吗？你记得，其他人是多么讨厌她？她瘦骨嶙峋、屁股没线条、平胸、笔直得活像根棍子。但你哥不管这么多。我想搞她。

你什么东西都能搞，有人挖苦道。

他不屑地瞟了那人一眼。听你的口气，好像那倒是坏事。

2

你哥。他已经死了一年了，有时候你还能感到刺骨的悲痛，尽管到最后他其实是个超级大混蛋。他就是死也要把别人都折腾死。最后几个月，他一直在试图逃跑。他曾在以色列之家医院门外叫出租车时被人抓住，还有次他穿着绿色衣服在纽瓦克大街上被人发现。还有一次，他花言巧语地骗一个前女友开车带他去加利福尼亚，但刚走到肯顿①,他就浑身抽搐起来。她吓坏了,只得打电话给你。这莫非是一种远离族群、独自死去的原始冲动?或者他只是想完成藏在心里很久的什么愿望?你为什么要这么干?你问他,但他只是大笑。怎么干?

最后几个星期,他已经奄奄一息,没有力气逃跑了,但还不肯和你或者母亲说话。死前一个字也没留下。你母亲没有生他的气。她仍然爱他,为他祈祷,和他说话,就好像他什么毛病都没有似的。但他那顽固的沉默伤害到了你。他临终前的几天,一句话也不肯说。你问他很简单的问题,比如,你今天感觉怎么样啊,但拉法只是扭过头去。就好像你们都不配得到他的回答似的。就好像没人配和他说话。

3

你那时正是情窦初开的年纪,为了一颦一笑,就能轻易爱上一个女孩。你就是这样爱上你的女朋友帕洛玛的——她弯腰去捡自己的手提包时,你的心就飞向了她。

你也是这样爱上萝拉小姐的。

那是1985年。你十六岁,状况很糟糕,孤独得要命,而且你坚信不疑——是百分之百地坚信不疑——整个世界会在一场

---

① 新泽西州城市,美国著名诗人沃尔特·惠特曼晚年在此度过。

核战争中走向末日。几乎每天夜里你都做噩梦。和你做的那种噩梦相比,《魔域煞星》①里总统做的噩梦简直就是小朋友过家家。你总是梦见核弹爆炸;在你走路的时候、在你吃鸡翅的时候、在你坐校车上学的时候、在你搞帕洛玛的时候,核弹把你炸得灰飞烟灭。你惊醒的时候,发现把自己的舌头咬破了,鲜血从下巴上滴下来。

真该有人给你吃点治精神病的药才对。

帕洛玛认为你是在胡思乱想。她不想听你唠叨什么"相互保证毁灭"②、《消失的伟大地球》③、"我们将会在五分钟内开始轰炸行动"④、限制战略武器第二轮谈判⑤、《浩劫

---

① 1984年首映的美国科幻恐怖电影。片中的一个情节是,美国总统受良心折磨,经常梦到核战争之后的惨景,精神压力极大,以致于想与苏联谈判废除核武器。
② 冷战时期的一种"同归于尽"的战略思想,亦称共同毁灭原则或"恐怖平衡",指对立的双方中如果有一方全面使用核武器,则双方都会被毁灭。这被认为是美苏之间避免终极冲突的一个威慑,但也促进了军备竞赛。
③ 1970年在美国问世的畅销书,作者是哈尔·林赛和卡罗尔·卡尔森。该书具有浓郁的基督教色彩,认为20世纪下半叶就是《圣经》中的世界末日,基督将第二次降临,建立千年王国。
④ 1984年8月,当时的美国总统里根在接受电台节目采访时试音,一时童心未泯,对着麦克风煞有介事地说:"我的美国同胞们,今天我欣然向大家宣布,我已经签署法令永久'取缔'苏联,我们将会在五分钟内开始轰炸行动。"不料,此时麦克风竟然开着,这个试音片段同样被播出,媒体和舆论当即起哄,克里姆林宫更是暴跳如雷,两国关系雪上加霜。
⑤ 限制战略武器谈判的第一轮首度于1963年举行,谈判双(转下页)

后》①《火线》②《红色黎明》③《战争游戏》④《伽马世界》⑤，她一概不想听。她管你叫"抑郁先生"。而且她的生活已经够糟糕的了，不需要再考虑这些可怕的事情。她有四个弟妹和一个残疾的妈妈，全家六口人挤在只有一个卧室的公寓房里，全靠她一个人照顾。家庭这么困难，她的成绩还特别优异。她没时间做任何事情；你怀疑，她之所以和你在一起，完全是因为你哥哥死了，她很同情你。但你和帕洛玛待在一起的时间并不多，你们俩也没有上床什么的。全世界只有波多黎各女孩才会死活不肯和人随便上床。我不能这么做，她说。我不能犯任何错误。怎么和我上床就是"错误"，你问道，但她只是摇头，把你的手从她裤子里拿出来。帕洛玛确信不疑，如果在接下来两年时间里她犯下任何错误，哪怕是一点点错误，

（接上页）方是美苏两国，目的在于减少双方的毁灭性核武器。第二轮谈判始于1977年，于1979年5月结束，美国总统卡特与苏联总书记勃列日涅夫签订《美苏限制进攻性战略武器条约》，这是第一个真正规定裁减美苏双方核武的条约。

① 1983年问世的美国科幻电影，故事背景是冷战时期美苏两个阵营间发生核战争。
② 1984年首映的英国科幻电视节目，故事背景是冷战期间英国城市谢菲尔德遭到核打击。
③ 1984年的美国战争电影，故事背景是美国遭到苏联及其古巴盟友的入侵，美国一群高中生对侵略者进行了抵抗。
④ 1983年的美国科幻战争电影，以全球核战争为背景。
⑤ 1978年问世的电子游戏，制作者是美国TSR公司（今天是威世智公司的一部分），以核战争之后的世界为背景。

她就得一辈子困守她的家人了。那是她的噩梦。想想吧,如果我学业无成,该怎么办,她说。那你还有我啊,你试着安慰她,但帕洛玛那表情就好像她宁愿世界毁灭似的。

于是,你向所有愿意听的人讲述即将到来的世界毁灭,向你的历史老师讲——他说自己正在波科诺山[1]里建造一个求生小屋——向你的正驻扎在巴拿马的当兵的哥们讲(那时候你们还通信),向你的街坊近邻萝拉小姐讲。你们俩最初就是这样建立起联系来的。她仔细地聆听。更妙的是,她读过《呜呼,巴比伦》[2],还看过《浩劫后》的一部分,被它们吓得目瞪口呆。

《浩劫后》不算恐怖,你抱怨说。它就是垃圾。躲在汽车仪表盘下面是没办法在空爆[3]里生存下来的。

或许那是个奇迹,她开玩笑地说。

奇迹?那太傻了吧唧的。你一定要看看《火线》。那才是好货色。

我可能会不敢看哦,她说。然后她把手放到了你肩膀上。

经常会有人触摸你。你已经习惯了。你是个业余举重运动员,练举重也是为了转移一下自己的注意力,免得整天想着你

---

[1] 位于美国宾夕法尼亚州。
[2] 1959年出版的美国科幻小说,作者是哈里·弗兰克。这是最早的以核战争造成世界末日为题材的小说之一。
[3] 指炮弹、核武器等在空中爆炸,而非接触到某固态物体后爆炸。

生活中的各种屁事。你的DNA里肯定是有什么变异基因，因为举重训练让你变得粗壮得吓人。经常有女孩，甚至也有男孩会来摸你的肌肉，大多数情况下你是不介意的。但萝拉小姐的触摸让你感到有些不一样。

萝拉小姐摸了摸你，你猛地抬起头，注意到她的瘦脸上的眼睛是多么大，睫毛是多么长，一只眼睛的虹膜的铜色比另一只更深。

4

你当然认识她；她是你的邻居，在塞尔维尔高中教书。但只是最近几个月，她才进入你的注意焦点。街坊里住着很多这种中年单身女人，她们遭受过各种各样灾难的摧残。但她是少数没有孩子的女人之一，一个人住，而且还算年轻。她肯定经历过什么事情，你母亲揣测道。在她脑子里，一个女人居然没有孩子，肯定是遭遇过什么极为可怕的大灾变。

也许她就是不喜欢小孩。

没人会喜欢小孩，你母亲保证说，但也不能因为不喜欢就不要小孩。

萝拉小姐其实也没什么让人激动的地方。街坊里有成千上万比她漂亮得多的中年女人，比如德尔·奥尔维太太，你哥跟她有一腿，直到她老公把全家人搬走。萝拉小姐太瘦了。腰身一点线条也没有。胸也很小，臀也不翘，就连她的头发也没吸引力。当然了，她的眼睛勾魂摄魄，但她在街坊里出名是因为她的肌肉很厉害。倒不是说她的肌肉像你那样粗大得吓人——这娘们精瘦得像竹竿，但每一根纤维都鼓鼓的，挺诡异的感觉。在她面前，伊基·波普①简直是个肥佬；每个夏天她去游泳池的时候都要引发一场严重骚动。虽然她的身材没线条，却总是穿比基尼，胸罩紧绷绷地盖在筋腱分明的胸肌上，短裤罩着一波波的腰臀肌肉。她总是潜泳，黑色的头发在身后拖着，就像一群鳗鱼。她总是晒成上了漆的旧皮鞋的那种深核桃色，其他的女人是不会这么做的。得让那女人把衣服穿好，母亲们抱怨道，她看上去就像装满虫子的塑料袋。但谁能控制住自己不去盯着她看呢？你和你哥都做不到。她一边看一本平装本的书，一边日光浴。孩子们会问她，你是健美运动员吗，萝拉小姐？她会在书后面摇摇头。对不起哦，孩子们，我天生就是这样。

你哥死了之后，她来过你们家几次。她和你母亲都熟悉同一个地方——拉贝加②，萝拉小姐是在那儿出生的，你母亲在内

---

① 原名小詹姆斯·纽维尔·奥斯特贝格（1947— ），美国歌手、音乐家和演员，朋克摇滚的创新者和重要代表人物。他在音乐会演出时常常光着上身，露出精瘦而结实的肌肉，表演风格狂野。
② 多米尼加中部的一个省份，其首府是拉贝加市。

战[①]后曾在那儿疗养。你母亲在黄房子[②]后面待了整整一年,成了一个地地道道的拉贝加人。我在梦里还听得见加穆河[③]的流水声,你母亲说。萝拉小姐点点头。我很小的时候,有次在大街上看见了胡安·波希[④]。她俩坐在那儿,聊个不停。她不时在停车场拦住你,和你说话。你最近好吗?你妈妈怎么样?你一直都不知道怎么回答为好。你的舌头总是肿胀、疼痛,因为你老是做世界毁灭的噩梦。

5

这一天,你跑步回来,看见她在门廊上和你母亲说话。你母亲叫住你。跟老师问好啊。

我浑身臭汗,你抗议道。

你母亲一下子火了。你这兔崽子以为是在跟谁说话呐?跟老师问好,小混蛋。

您好,老师。

---

① 1965年的多米尼加内战。详见《恨不逢君未娶时》中的相应注释。
② 拉贝加市的一家有名的廉价商店,目前已不复存在。
③ 多米尼加北部的一条河流,经过拉贝加省。
④ 胡安·波希(1909—2001),多米尼加政治家、历史学家、作家和教育家。他是多米尼加历史上第一个民选总统,比较偏向左翼,今天被广泛认为是一位正直的领袖和优秀的作家。他担任总统仅七个月就被军队推翻。

你好，同学。

她笑了，转回去继续和你母亲聊天。

你不知道自己为什么一瞬间突然火冒三丈。

我能把你拧弯，你伸展着手臂对她说。

萝拉小姐咧嘴笑着（她那笑容真荒唐）看了看你。你瞎扯啥呢？我能把你举起来。

她把手伸到你腰上，假装使劲要把你抱起来。

你母亲勉强笑了笑。但你能感觉到，她在观察你们俩。

6

你妈妈得知你哥和德尔·奥尔维太太的事情后，找他问话。他并不否认。你要怎么样，妈？就是机缘巧合嘛，你能咋办？

机缘巧合个屁，那时她是这么说的。你都搞上她了！

可不是咋地，你哥哥喜滋滋地承认道。

然后你母亲又羞耻又恼怒，挥拳揍他。但这只让他放声大笑。

7

这是第一次有女人想要你。所以你得考虑考虑。脑子里好好琢磨琢磨。这太疯狂了,你对自己说。后来,你心不在焉地对帕洛玛也这么说了。她没听见。你意识到萝拉小姐对你有意思,但不知道该怎么办。如果是你哥的话,他肯定二话不说就跑到萝拉小姐家里,颠鸾倒凤起来。但你不是你哥。尽管你很清楚萝拉小姐的意思,但你还是害怕,如果你会错意了怎么办。你害怕她会嘲笑你。

于是你努力不去想她,努力忘掉她穿比基尼的模样。你估计,在你得到机会干点什么之前,核弹肯定都已经爆炸了。但核弹终究没有爆炸,于是你做了最后的拼死努力,把这事告诉了帕洛玛,告诉她,萝拉老师在追你。你的这个谎撒得很有说服力。

那个老妖婆?太恶心了。

可不是嘛,你用可怜兮兮的腔调说道。

搞她简直就像搞根棍子,她说。

你说得对,你表示认可。

你最好不要跟她上床,帕洛玛停顿了片刻,然后警告道。

你这是什么意思?

我就是跟你说,不要跟她上床。你是瞒不了我的。你根本不会撒谎。

你发什么疯,你瞪着她说。我没有跟任何人上床。显然一个都没有。

那天夜里，帕洛玛允许你用舌尖舔她，但到此为止。她使出吃奶的力气把你推开，最后你灰心丧气地放弃了。

那味道就像啤酒，你给在巴拿马的哥们写信里提到了这事。

你加大锻炼的强度，希望能够降降你的欲火，但是不管用。有几次你梦见自己正要爱抚她，突然间核弹把纽约城炸成齑粉，天国降临，你眼睁睁地看着冲击波滚滚升起，这时你从噩梦中惊醒，舌头咬得紧紧的。

有一天，你从小鸡假日[①]回来，手里拎着打好包的四道菜，嘴里咬着根鸡腿，这时她正好从帕斯玛超市走出来，费劲地拿着两塑料袋的东西。你考虑是不是要赶快逃走，但你哥的法则——永远不要逃跑——让你留在了原地。虽然你哥自己没能把这条法则贯彻始终，但你此刻真的不能临阵脱逃。你老老实实地问，要我帮忙吗，萝拉小姐？

她摇摇头。这算是我今天的锻炼。你俩沉默着，一起往回走，她突然问道，你打算什么时候到我家放那个电影给我看？

什么电影？

---

① 美国一个连锁快餐店。

就是你说的那个好片子啊。那个讲核战争的。

换了别人，也许会克制住自己，绕过这个问题，但你和你爸、你哥是一类货色。两天后，你待在家里，那儿的沉默让你抓狂，电视上似乎在不停地播放同一个修理汽车内部装潢破损的广告。你去冲了个澡，剃了胡子，穿上衣服。

我会回来的。

你妈妈看着你穿的礼服鞋。你要去哪儿？

出去。

都十点了，她说，但是你已经出了门。

你敲了敲门，又敲了一下，她开了门。她穿着汗衫，外面罩着一件霍华德T恤。她忧心忡忡地紧皱眉头。两个眼瞪得大大的，好像是巨人的眼睛。

你懒得和她客套。你猛地搂住她，开始亲她。她伸手绕过你的脊背，关上了门。

你有安全套吗？

你就是这么一个总是担惊受怕的人。

没有，她说，你努力控制住自己，但还是射在了她体内。

真对不起，你说。

没关系的，她小声说着，两手搂着你的后背，不让你动弹。留下吧。

8

她的公寓房几乎是你见过的最整洁的房间，而且一点也没有加勒比海人的那种神经兮兮，几乎会被人当作是一个白人的家。墙上贴着很多她在旅行时拍的照片和她兄弟姐妹的照片——他们个个看上去都是难以置信的快活和憨厚。这么说，你是你们家最有反叛精神的一个？你这么问。她笑了。差不多是这样吧。

墙上还有些男人的照片。其中有些人你在小时候见过，但你没提起他们。

她给你做奶酪汉堡的时候非常安静，非常缄默。其实，我很讨厌我们家人，她说着，用刮铲狠狠地压着肉饼，直到油脂开始飞溅出来。

你想知道，她是不是真的喜欢你。或许这就是爱情？你放映《火线》给她看。准备看真正恐怖的片子，你说。

你可得准备好，我可能会害怕得藏起来哦。她这么回答，但是电影才看了一个小时，她就探过身来，摘掉你的眼镜，开始亲吻你。这次你没有丧失理智，努力阻止她。

我不能这样，你说。

她说，真的？自顾自继续。

你努力去想帕洛玛,她每天都辛苦得筋疲力尽,每天早上坐校车上学的路上都会睡着。尽管如此,帕洛玛仍然抽出时间来辅导你准备 SAT 考试①。帕洛玛不肯和你睡觉,因为她害怕,如果怀了孕,她又因为爱你而不会选择堕胎,于是她这辈子就算完了。你努力去想帕洛玛,可你的身体做不到。

你的身体真的很美,你完事之后说道。

哈哈,谢谢你。她脑袋一侧,指示卧室的方向。你想进卧室吗?

卧室里贴着更多的照片。这些照片在核爆炸中肯定全都完蛋,这一点你很确定。这个房间的窗户面向纽约城的方向,肯定也会炸个精光。你告诉她说。呃,今朝有酒今朝醉,她说。她像个职业老手似的,娴熟地脱了个精光。你开始动作之后,她闭上眼睛,脑袋摇晃个不停,就像是连接脑袋和脖子的铰链坏了似的。她的长指甲深深挖进你的肩膀,你知道,这之后你的后背肯定会像挨过鞭子一样。

然后她吻了你的下巴。

9

你爸和你哥都是极品下三滥。你爸有时去搞女人的时候还

---

① 美国高中生申请大学时要参加的标准化测验。

带着你,把你留在车里,他自己跑进屋去爽歪歪。你哥也不是个好东西,甚至就在你的床旁边的床上搞。他们是最不要脸的色鬼,现在你也正式成了他们中的一员了。你曾经希望这种好色如命的基因没有遗传到你身上,或者是隔代遗传的,但你显然错了。第二天坐校车上学的路上,你对帕洛玛说,江山易改本性难移。尤尼奥,她被从瞌睡中吵醒,我没时间听你扯淡,好吗?

10

你想,跟萝拉小姐就这么一次激情,下不为例。但仅仅第二天,你又自动跑过去了。她给你做奶酪汉堡的时候,你闷闷不乐地坐在她的厨房里。

你会没事的吧?她问道。

我不知道。

咱们这就是玩玩而已嘛。

我有女朋友的。

你跟我说过的,还记得吗?

她把盘子放到你膝上,挑剔地审视你。你知道吗,你长得和你哥很像。肯定有很多人经常这么跟你说吧。

有些人吧。

我简直不敢相信,他居然那么帅。他也知道自己很帅,老是光着上身秀肌肉，就好像从来不知道啥叫衬衫似的。

这一次，你根本不问有没有安全套，就直接射了。你非常恼火，这也让你很意外。但她不停地吻你的脸，让你很感动。没人这样对你过。你曾经睡过的那些女孩，她们完事之后都会很羞怯，还很惊恐。我们被人听见了！赶快铺好床。把窗户打开。但萝拉小姐不会这样。

完事之后，她坐了起来，她的胸部几乎和你的一样平坦。你还想吃什么吗？

11

你努力做到理智。你努力控制自己，保持冷静。但每天你都跑到她的公寓去。有一次你想把这个瘾戒掉，但最后还是没坚持住，凌晨三点溜出家门，偷偷摸摸地敲她的门，直到她开门让你进去。你知道我要上班的，对吧？我知道，你说，但我梦见你出了事。你能撒这样的谎真是太可爱了，她叹了口气，虽然昏昏欲睡，但还是允许你进门。你只持续了四秒钟，这四秒钟里不停地说，真他妈爽。你做的时候，一定要拉着我的头发，她透露道，这样能让我爽上云霄。

这理应是最美好的事情，但为什么你的噩梦愈发恐怖了？早上刷牙的时候为什么能吐出更多的血？

你渐渐了解到了她的过去。她是和在多米尼加当医生的父亲一起来美国的。但父亲发了疯。母亲抛弃了他们父女，和一个意大利服务员私奔去了罗马，这让她父亲精神崩溃了。他总是威胁说要自杀，她每天至少有一次要哀求他不要自寻短见，这把她的生活也搞得一团糟。她少女时曾经是个体操运动员，甚至有希望入围奥运代表团，但是教练卷走经费逃跑了，于是多米尼加共和国不得不取消参加当年奥运会的计划。我没有说如果我去了一定能赢，她说，但我也许能取得什么成绩。这档子破事过后，她长高了一英尺，没法继续练体操了。后来，她父亲在密歇根州安娜堡找到了一份工作，于是她和三个兄弟姐妹和他一起去了那里。半年后，他带着孩子们和一个胖寡妇同居了，那是个恶心透顶的白女人，她很讨厌萝拉。萝拉在学校里一个朋友也没有，上九年级的时候和高中历史老师上了床。最后住进了他家里。他的前妻在同一所学校教书。你只能想象，那是多么糟糕。高中毕业后，她立马和一个文静的黑人男孩去了德国拉姆施泰因基地[①]，但和他最后也没成。一直到今天我都认为，他是个同性恋，她说。后来她在柏林试着谋生，混不下去，于是回家了。她和一个在伦敦排屋有公寓的女性朋友合住，谈过几段恋爱，其中有一个

---

① 美军在此设有空军基地。

是她的前男友在空军的老战友——那人回国休假时就来看她,还有一个性格特别温和的黑皮肤拉丁人。她的室友结了婚,搬走了,于是萝拉小姐一个人住在那房子里,找了份教书的工作。她刻意安顿下来,不再搬家。这样也挺好的,她一边说着一边给你看那些照片,总的来讲还算可以。

她老是逗你说你哥的事。说出来对你有好处,她说。

有什么可说的?他得了癌症,然后死了。

就从这儿说起吧。

她从学校里带回一些大学的招生宣传册。她帮你把其中的申请表填了一半,然后给你。你真的需要离开这地方。

去哪里?你问道。

哪儿都行。阿拉斯加也行。

她睡觉的时候戴着护齿和眼罩。

如果你一定要走,就等我睡着了再走,好吗?但过了几周之后,她就改成,拜托不要走。最后她说,留下吧。

于是你就留下和她一起过夜。黎明时,你溜出她的公寓,又从窗户爬进自家地下室。你妈妈对此一无所知。过去她可是对一切都了如指掌。她有那种农民的精明。但现在她换了个人。她的全部时间都花在悲痛和医治悲痛上。

你干的这档子事让你自己也胆战心惊,但同时又很刺激,而且让你感到不那么孤独。十六岁的你感到,既然性爱的引擎已经隆隆开动,就再也没什么东西能让它停下了。

后来,你外公在多米尼加生了什么病,妈妈不得不飞回去。你会没事的,妈妈说,萝拉小姐说她会照顾你。

我会做饭的,妈。

不,你不会做饭。别把那个波多黎各女孩带到家里来,知道了吗?

你点点头。你带回家的是个多米尼加女人。

她看到盖着塑料套子的沙发和墙上挂着的木勺时,兴奋地尖叫起来。你承认,你感到有点对不起你妈。

你们俩当然下楼进了你的地下室。你哥哥的东西还放在那儿。她径直去拿他的拳击手套。

拜托把它们放下。

她把手套紧紧压在自己脸上,深深嗅着。

你放松不下来。你老是发誓赌咒说,听见你妈或者帕洛玛在门前。这让你每隔五分钟就得停下来。一觉醒来发现她在你身边,这感觉也让你忐忑不安。早上她煮了咖啡,煎了鸡蛋,听的不是WADO电台,而是"早间动物园"节目[1],不管听到了

---

[1] 美国、澳大利亚等英语国家的一种早间广播节目,20世纪20年代兴起,一般有两三个主持人,进行幽默的对话、播报新闻、与听众互动等。

什么都哈哈大笑。这感觉好奇怪。帕洛玛打来电话，问你去不去上学，你接电话的时候，萝拉小姐就只穿着件T恤在屋里走来走去，平坦而精瘦的屁股露了出来。

12

你高中的最后一年，她调到你们学校教书了。当然了。这感觉怎一个诡异了得。你经常在学校里撞见她，心都要跳了出来。那就是你的邻居？帕洛玛问。老天，她在盯着你看。这老婊子。在学校里，跟她捣蛋的都是西班牙裔女孩。她们取笑她的口音、她的衣服和她的体型（她们管她叫"拍拍小姐"）。她从来不抱怨这事——这个工作很好的——她这么说，但你心知肚明，这是胡扯。不过欺负她的只是西班牙裔女孩。白人女孩们都爱她爱得要死。她现在是体操队的教练。她带她们去跳舞，寻找灵感。没过多久，体操队就开始拿奖牌了。有一天在校外，所有体操队员都拼命怂恿她，于是她做了个后手翻，动作如此完美，让你瞠目结舌。那是你看过的最美的东西。当然了，科学课老师艾弗森先生被她迷得神魂颠倒。他总是被什么人迷得神魂颠倒。他曾经追过帕洛玛，直到她威胁说要举报他。你看见艾弗森先生和萝拉小姐在走廊里有说有笑，你看见他们在教师室一起吃午饭。

帕洛玛一直在攻击萝拉小姐。据说艾弗森先生喜欢穿连衣裙。你说萝拉会不会帮他整理连衣裙肩带?

你们这些姑娘真是疯子。

说不定她真的帮他穿裙子。

这让你神经紧绷。但也让你们的床事更精彩。

有几次,你看见艾弗森先生的车停在她的公寓外面。看样子艾弗森先生正在爽呐,你的一个哥们儿笑道。你突然愤怒得一点精气神也没有。你考虑要不要把他的汽车砸了。你考虑要不要去敲门。你考虑了要不要做各种事情。但你只是待在家里练举重,直到他离开。她开门的时候,你气冲冲地大步走进去,一个字也没说。屋里弥漫着香烟气味。

你浑身臭烘烘的,你说。

你走进她的卧室,但床是整整齐齐的。

啊,我的小家伙,她笑道。不要吃醋嘛。

但你当然很吃醋。

13

六月份,你高中毕业了。毕业典礼上,她和你妈妈都在,鼓着掌。她穿着一件红裙子(因为你有一次告诉她,红色是你最喜欢的颜色),底下穿着配套的内衣。典礼结束后,她开车带你和你妈妈去博斯安柏伊的一家墨西哥餐馆。帕洛玛没法一起来，因为她母亲病了。但那天夜里晚些时候，你在她家门口看见了她。

我成功了，帕洛玛微笑着说。

你为你骄傲，你说。然后，你又补充了一句你通常不会说的话，你是个了不起的姑娘。

那个夏天，你和帕洛玛见了可能只有两次——你们俩也不再亲热了。她已经走了。八月，她去了特拉华大学。她上大学大约一周后就给你写了封信，主题是"忘了我吧"，你收到这封信一点都没吃惊。你甚至懒得去和她正式分手。你曾考虑要开车去找她，和她谈谈，但你意识到，这是多么无望。你猜得很对，她再也没有回来过。

你待在社区里。在拉里坦河钢铁公司找了份工作。起初，你不得不和那些宾夕法尼亚乡巴佬争斗一番，但最终你站稳了脚跟，他们就不来烦你了。晚上，你和其他一些高中毕业就待在老家的白痴们一起去泡吧，喝得酩酊大醉，然后跑到萝拉小姐门前，手里攥着自己的老二。她还在鼓励你去上大学，并主动提出愿意替你付入学费，但你没那个心境，所以你告诉她，现在不要说这个。她自己在蒙特克莱尔州立大学上夜校。她打算读博士。那时你就得叫我"博士"了。

你俩有时在博斯安柏伊约会,那里没人认识你们。你们像其他情侣一样一起吃饭。你看上去太年轻了,不像和她是一对。她在公共场合触摸你的时候,你都难受得要命,但又能怎么办呢?她总是很高兴和你一起出门。你知道,这长久不了的,你告诉她,她点点头。我就是想要你幸福。你拼命和其他女孩约会,告诉自己说,这能帮助你挨过这个坎,但你从来没遇见过一个自己真正喜欢的女孩。

有时候,你从她家里出来之后,就步行到你哥和你小时候玩耍过的垃圾填埋场,在秋千上坐下。德尔·奥尔维先生曾经在这里威胁要开枪把你哥的蛋蛋打掉。有种你就开枪啊,拉法说,我弟弟会开枪把你下身打烂。在你身后的远方,纽约城在嗡嗡作响。你告诉自己,世界是不会毁灭的。

14

花了很长时间,你才渐渐淡忘她。渐渐习惯没有秘密的生活。即便你已经把这事抛在脑后,已经把她从你的生活中完全排斥出去,但你还是害怕,自己会不会旧病复发。你后来上了罗格斯大学,像发了疯似的谈恋爱。每次恋情失败你都确信,自己没办法和同龄女孩交往。都是被她闹的。

当然了,你肯定不会把这个说给别人听。大四那年,你终于遇见了你梦想中的完美的女人,她为了和你在一起,跟先前的黑皮肤男朋友分了手;你最终向她竹筒倒豆子般讲出自己的秘密。你终于有了一个可信任的人。你告诉了她。

应当把这疯婊子抓起来。

不是她强迫我的。

今天就得把她抓起来。

能把秘密讲出来的感觉真是很好。你心里以为,她知道了这个秘密之后会恨你——他们全都会恨你。

我不恨你。你是我的男人嘛,她自豪地说。

你带着她回家的时候,她向你妈妈提起了这事。太太,听说你儿子睡了个老女人,有这事吗?

你妈妈厌恶地摇摇头。他跟他爸和他哥是一个模子里出来的。

多米尼加男人就是这样的,对吗,太太?

这三个是最糟糕的。

后来,你的女朋友强迫你走过萝拉小姐家。有灯亮着。

我要和她谈谈,你女朋友说。

别!求你了!

我偏要。

她重重地捶门。

黑妹子，求你别这样！

开门！她喊道。

没人来开门。

这之后一连几周你都没有和你女朋友说话。和她的分手是最严重的几次之一。后来有一次，你又在"探索部落"[①]的一个演唱会上遇见了她。当时你在和另外一个女孩跳舞，她向你挥挥手，你下定了决心。你走到她和她那些邪恶姊妹一起坐着的地方。她的头发又剪短了。

黑妹子，你说。

她把你拉到一个角落里。对不起，那次我太过分了。我只是想保护你。

你摇摇头。她投进你的怀抱里。

15

大学毕业典礼。她又来了，你一点也没感到意外。让你意外的是，自己居然没有预想到她会来。在和你女朋友一起加入毕业生队伍之前的一瞬间，你看见她一个人站在那儿，穿着件红裙子。她终于开始发福了，很好看。后来，你看见她一个人

[①] 1985年在纽约组建的一个街头嘻哈音乐组合。

穿过老皇后①的草坪,手里拿着一顶捡到的学位帽。你妈妈也捡到一顶,后来挂在自己房间的墙上。

原来,她最终离开伦敦排屋,搬走了。那里的房租越来越高。新搬进这个社区的都是孟加拉人和巴基斯坦人。过了几年,你妈妈也走了,搬到了伯根莱因。

后来,你和你女朋友彻底分手之后,你在网络上搜索萝拉小姐的名字,但什么也没查到。有一次去多米尼加的时候,你特意开车去了拉贝加,在那里打听她的下落。还像个私家侦探似的,拿着她的照片让人辨认。那张照片是你俩一起去桑迪胡克海滩玩的时候拍的。照片上,你们俩都在微笑,都在眨眼。

---

① 罗格斯大学新布伦瑞克校区最古老的建筑,1809 至 1825 年间建造。今天是罗格斯大学行政部门所在地。

偷情者的真爱指南

第零年

你背着女朋友乱搞的事情被她发现了（呃，其实她已经是你的未婚妻了，但是，嘿，这么细微的区别很快就无关紧要了）。本来呢，她或许只会发现一个小三，或者两个，但是因为你这色鬼从来都不清空自己电子邮箱的垃圾箱，她居然发现了五十个！当然是分布在六年的时间里，但还是严重得要命。他妈的五十个情人？疯子。如果你的未婚妻是个思想超级开放的白妞，也许你还能蒙混过关——但你的未婚妻不是个思想超级开放的白妞。她是个性子火辣辣的萨尔塞多人[①]，眼睛里容不下沙子。其实她警告过你，如果你背着她胡来，她是永远永远不会原谅你的。我会用大砍刀砍死你，她许诺道。你当然是发誓赌咒绝对不会背叛她了。你是发了毒誓的。你是发了毒誓的。

[①] 多米尼加城市，萨尔塞多省的首府，位于该国北部。

你的誓言放了空炮。

你的丑事暴露之后,她没有立刻跟你分手,还待了几个月,因为你俩的感情太久了。因为你俩一起经历了不少风风雨雨——她父亲的去世;你争取终身教职的磨难;她的律师资格考试(考了三次终于通过了)。还因为你俩的爱情,真正的爱不是那么容易就随手抛开的。在不亚于酷刑的六个月时间里,你俩飞往多米尼加,飞往墨西哥(去参加一个朋友的葬礼),飞往新西兰。你们俩在曾经拍摄《钢琴课》[①]的沙滩上漫步,这是她一直以来的梦想,现在为了赎罪,你完成了她的这个心愿。在那沙滩上,她万分悲痛,光着脚在冰冷的海水里、在闪闪发光的沙滩上走来走去。你想搂她的时候,她说,别这样。她盯着从水里突起的石块,海风把她的头发直直地向后拂起。在开车回酒店的路上,经过荒野的陡峭山地时,你捎上了两个搭车客。他们是一对情侣,两人搂搂抱抱不肯分开,腻歪得到了可笑的地步,如此地互相爱慕,如此地快乐,你真想把他们赶下车去。一路上,她一言不发。回到酒店房间,她哭了起来。

你想尽办法挽留她。你给她写信。你开车送她上班。你引

---

① 1993年的新西兰爱情电影,以19世纪为背景,描述一名苏格兰哑女远赴新西兰嫁给一名农夫,却与邻居坠入爱河的故事。这部电影最终赢得金棕榈奖和多项奥斯卡大奖。

用聂鲁达的情诗。你写了封群发信，和所有的老情人断交。你把她们的邮箱地址拉黑。你换了自己的手机号码。你戒了酒。你戒了烟。你说自己是个性欲狂，开始接受心理辅导。你责怪自己的父亲。你责怪自己的母亲。你归罪于父权社会。你归罪于圣多明各。你找了个心理医生。你注销了自己脸书的账户。你把自己所有邮箱的密码都告诉了她。你终于开始学跳萨尔萨舞[1]（你之前发了誓一定要去学的），好做她的舞伴。你说自己是病了，你说自己太脆弱——是因为写书压力太大的缘故——每个小时，你都像钟表报时似的说，真的真的对不起。你试尽了所有办法，但有一天她在床上坐起来说，不要再说了，于是你不得不离开你俩同住的位于哈勒姆[2]的公寓房。你打算死不挪窝。你计划赖着不走、以示抗议。你坚决表示不肯闪人。但最后你还是走了。

过后一段时间，你还是在城里漫游，就像个蹩脚球员幻想着有人来找他加盟似的。你天天打电话给她，给她留语音信息，她从来没有回复过。你给她写了伤感的长信，她连信封都不拆就退了回来。你甚至一有空就跑到她公寓，或者跑到她在市中

---

[1] 拉美的一种舞蹈，源于古巴和波多黎各。
[2] 纽约市的一个黑人聚居区，20世纪20年代是黑人文学、爵士乐等文艺的兴盛之地。

心上班的地方,直到她的小妹——那个一直支持你的小妹——打来电话。她把话说得明明白白:如果你再联系我姐,她就申请禁止令①对付你。

对有些黑佬来说,这也不算啥。

但你不是那种黑佬。

你举手投降。你搬回了波士顿。你以后再也没见过她。

第一年

起初,你假装这没什么大不了的。反正本来你对她也有很多意见。你可是怨气满腹!她不肯给你吹;她腮帮子上的细毛很讨厌;她从来不肯用蜡除掉体毛;她在公寓里从来不搞卫生,诸如此类。有几个星期的时间,你几乎相信自己真的不在乎了。当然了,你重新开始抽烟喝酒,不再去找心理医生和性欲狂心理辅导小组。你到处寻花问柳,就好像回到了往昔好时光,就好像什么事都没发生过。

我回来啦,你对哥们儿说道。

埃尔维斯②笑道,你简直好像从来没有离开过。

---

① 美国等国家的一种强制性禁令,强制某人做某事或不得做事。在家庭暴力、骚扰等案件中常常使用。
② 埃尔维斯是美国传奇摇滚歌星"猫王"的名字。

你的良好感觉只持续了一周左右。然后你的情绪变得喜怒无常起来。前一分钟你还在努力控制自己不要开车去找她,下一分钟你又打电话给一个老情人说,其实我最想要的是你。你开始对朋友们、学生和同事们发无名火。你每次听到蒙奇和亚历山德拉[①]——她最喜欢的组合——就直掉眼泪。

你从来就没想要在波士顿生活,你感觉自己是被从纽约流放到了那里,现在你面临着很严重的问题。要适应在波士顿的长期生活并不容易。在这里,火车午夜就停驶,市民们个个面色阴郁,居然没有川菜馆——这一切都让你不适应。而且就好像串通好了似的,一下子发生了很多种族歧视的鸟事。也许种族歧视一直是存在的,也许是因为你在种族多元化的纽约城待得太久了,对这种事变得更敏感了。白人在交通灯前停下车,暴跳如雷地冲你吼叫,就好像你差点轧倒他们的老娘似的。真他妈吓人。你还没反应过来究竟是怎么回事呢,他们已经冲你做了个下流手势,猛地加速开走,轮胎嘎吱地爆响。这种事接连不断地发生了好多次。在商店里,保安紧跟着你;每次你走进哈佛校园,保安都要查你的证件。有三次,在城市的不同地方,烂醉的白人小子向你挑衅,要和你打架。

[①] 多米尼加的一个著名巴恰达音乐组合,对在多米尼加之外推广巴恰达音乐做出了很大贡献。

这一切你都太往心里去了。但愿有人把这城市炸了,你叫嚣道。这就是为什么有色人种都不愿住在这儿。为什么我所有的黑人和拉丁裔学生毕了业就赶紧闪人。

埃尔维斯什么也没说。他在牙买加平原①出生,在那里长大,知道波士顿的确不酷,为它辩护必败无疑。你没事吧?他最后问道。

好极了,你说。从来没这么棒过。

但你的状况并不好。你和她在纽约的共同朋友全都站在她那边,弃你而去;你母亲也不肯理你了(她对你的未婚妻的喜爱远远超过对你的爱);你感到极度内疚,极度孤独。你坚持写信给她,等待某一天能够亲手把信交给她。同时你继续四处鬼混,什么样的女人都搞。感恩节你不得不自己一个人在公寓里过,因为你没法面对你母亲;而接受其他人怜悯的想法让你怒火中烧。以前过感恩节的时候都是你的前女友(现在你就这么叫她)做饭的:一只火鸡、一只鸡、一盘猪肘子。她总是把鸡翅都留给你。那天夜里,你喝得酩酊大醉,两天时间才恢复正常。

---

① 波士顿城一个历史悠久的社区,十七世纪由清教徒建立。其名称的来源有多种说法,有可能与历史上牙买加蔗糖和奴隶贸易有关;也有可能来源于曾居住在当地的印第安人领袖的名字。

你估计你已经到谷底了。你估计错了。期末考试期间，你陷入了深深的忧郁，你怀疑这种深度的忧郁有没有名字。那感觉就好像你的身体被一个原子一个原子地锉碎。

你不再去健身，也不出门喝酒了；你不再剃胡子，也不再洗衣服；说实话，很多事情你都不再做了。你的朋友们虽然素来都是乐天派，但现在也开始替你担心了。我没事，你告诉他们，但每过一周你的抑郁就更黑暗一些。你试着描述这种抑郁。就好像有人开着飞机撞进了你的灵魂。就好像有人开着两架飞机撞进了你的灵魂。埃尔维斯在你家里陪着你，免得你太过悲痛；他拍拍你的肩膀，告诉你心里要放得开。四年前，埃尔维斯在巴格达郊外，一辆悍马车突然爆炸，压在他身上。燃烧的残骸压得他动弹不得，好像足足有一个星期，所以他理解痛苦的涵义。他的后背、臀部和右臂被严重烧伤，疤痕累累，即便是你这样的硬汉也不敢看。注意呼吸，他告诉你。你一刻不停地喘气，活像个马拉松选手，但没有效果。你给前女友的信写得越来越可怜兮兮。求求你，你写道。求你回来吧。你常常梦见她就像过去那样跟你说话——用的是锡巴奥地区①的那种悦耳的西班牙语，没有生气，也没有失望。然后你的梦醒了。

---

① 多米尼加北部一地区。是该国人口最稠密的地区。欧洲殖民者从15世纪开始在此殖民。

你开始失眠，有些夜间，你喝醉了酒、一个人孤零零的时候，脑子里会突然蹦出疯狂的念头，真想打开窗户（你的公寓在五楼）一头跳下去。如果不是以下几个原因的话，或许你真的已经跳楼自杀了：1. 你不是会自杀的那种人；2. 你的哥们儿埃尔维斯一直盯着你——他几乎一直在你家，站在窗边，就好像他知道你在琢磨什么似的；3. 你还抱着侥幸的一线希望（虽然这荒唐透顶），也许有一天她会原谅你。

她没有原谅你。

第二年

你勉强撑过了两个学期。真是郁闷了好长一段时间，最后你的疯狂开始消退了。就好像从一生中最严重的一次高烧中清醒过来。你已经不是原先的你（哈——哈！），但至少现在站在窗边的时候不会有自杀冲动了，这就算是个不错的开头。但不幸的是，你的体重猛增了四十五磅。你也不知道自己怎么一下子胖了这么多，但就是这么发生了。你的牛仔裤中只有一条还能穿，衬衫一件都穿不下了。你把她的所有老照片都收起来，告别照片上她那神奇女侠[①]般的美貌。你去了理发店，剪了头发

[①] 美国漫画中的一位女性超级英雄，20世纪40年代问世。

(好像很久很久没有理过发了),把大胡子也剪掉了。

你没事啦?埃尔维斯问。

我没事啦。

交通灯前,一个白人老奶奶对你大喊大叫。你只是闭上眼睛,直到她自己走开。

再找个妞儿,埃尔维斯建议。他轻轻地抱着自己的女儿。旧的不去新的不来嘛。

新的不来个屁,你答道。曾为沧海难为水。

好吧。但还是再找个妞儿。

他的女儿是那年二月出生的。如果是个男孩的话,埃尔维斯准备给他取名叫"伊拉克",他老婆告诉你。

他肯定是开玩笑的。

她看看正在修理卡车的埃尔维斯。我感觉他是认真的。

他把女儿放到你怀里。找一个多米尼加好姑娘,他说。

你迟疑不决地抱着孩子。你的前女友一直不打算要小孩,但后来她还是让你去做了个精子测试,以防她最终改主意。你把嘴唇贴近婴儿的肚皮,吹了一下。世间真的有多米尼加好姑娘吗?

你曾经有过一个,不是吗?

的确如此。

你开始洗心革面。你和所有老情人都断了关系,甚至包括那个和你在一起很久的伊朗女孩——你和前未婚妻拍拖的全过程中一直同时在搞那个伊朗女孩。你想重新做人。这花了不少功夫——毕竟老情人是最最剪不断理还乱的了——但最后你和她们都一刀两断了,这时才感觉心里轻松些。我早该这么做了,你宣布道。你的蓝颜知己阿兰妮——她和你从来没有过那种关系(她喃喃地说,谢天谢地),转了转眼珠子。你等了一星期,让霉运都散尽,然后开始约会。像个正常人一样,你告诉埃尔维斯。坦诚相见。埃尔维斯什么也没说,只是微笑。

起初还挺顺利:你能要得到一些女人的电话号码,但她们都不是那种能带给至亲好友看的类型。但在最初的热闹之后,一下子就啥都没了。这不仅仅是干旱,简直是他妈的阿拉吉斯①。你一有时间就去酒吧之类的地方找女人,但就是没人上钩。就连那些发誓赌咒说喜欢拉丁裔男人的妞儿们也不理你。有个姑娘听说你是多米尼加人,居然说了句"死都不行",然后全速跑向大门。我靠,不会吧?你说。你开始怀疑自己脸上是不是

---

① 典出美国科幻小说大师弗兰克·赫伯特的名作《沙丘》系列。阿拉吉斯(也叫"沙丘")是一个表面完全被沙漠覆盖的行星,没有任何自然降水。

有什么秘密标记。这些娘们当中是不是有人知道你的黑历史。

耐心点，埃尔维斯敦促道。他给一个贫民区房主打工，收房租的日子就带你一起去。事实证明你是绝佳的支援力量。老赖账不还的人对你阴森森的白牙只消看上一眼，马上就麻利地把全部欠款双手奉上。

一个月过去了，两个月，三个月，然后终于有了一线希望。她叫诺艾米，是老家在巴尼①的多米尼加人——似乎马萨诸塞州的所有多米尼加人的老家都在巴尼。你是在索菲亚餐厅遇见她的，那是在这家餐厅关门歇业（这对新英格兰地区拉丁裔社区来说可是个永久性灾难）前的最后几个月。诺艾米还比不上你前女友的一半，但也不算差。她是个护士，当埃尔维斯抱怨自己脖子不舒服时，她列出了所有可能的病症。她个子挺大，皮肤好得难以置信，最妙的是，她一点也不浮夸或自傲；看样子人还挺不错。她脸上常挂着微笑，当她紧张的时候，她就说，跟我说点什么。缺点是：她总是在上班，而且有个叫贾斯丁的四岁儿子。她把孩子的照片给你看了；那孩子看上去简直是未来歌星的料。孩子的爹是她的巴尼老乡，他和另外四个女人分别生了一个孩子。你当初为什么会喜欢这个男人呢？你问。我

---

① 多米尼加南部加勒比海畔的城镇，佩拉维亚省的首府。

那时很傻很天真,她承认道。你是在哪儿遇见他的呢?就像遇见你的地方一样,她说。就是外面。

正常情况下,你是不会要她的。但诺艾米不仅人好,还挺时髦。是那种漂亮妈妈,一年多来你第一次有些兴奋了。甚至在等女服务员找菜单时和她站在一起也能硬起来。

她只有星期天休息——那一天,五个孩子的爹会照看贾斯丁;说得更准确些,是他和他的新女朋友会照看贾斯丁。你和诺艾米的活动有了点规律性:星期六你带她出去吃饭——她不敢吃太稀奇的东西——所以你们总是吃意大利餐——然后她在你那里过夜。

怎么样,这小娘们儿够劲吧?诺艾米第一次在我家过夜之后,埃尔维斯问道。

够劲个屁,因为诺艾米不肯和你做!连续三个周六,她在你家过夜;连续三个周六,你都没有进展。一点点亲吻、爱抚,但仅此而已。她把自己的枕头带过来(是那种很贵的泡沫枕头),以及自己的牙刷,周日早上她就把这些东西全带走。临走的时候在门口和你接吻;这也太纯真了、太没希望了吧。

怎么,你们没做?埃尔维斯有些震惊。

没做,你证实。你以为我是六年级小学生吗?

你知道自己应当耐心。你知道她是在考验你。也许她经历过很多玩了女人就跑的混蛋，一朝被蛇咬，十年怕井绳。比如说呢？比如贾斯丁的爹。但她心甘情愿委身于这样一个没有工作、没受过教育、什么都没有的恶棍，却强迫你接受这样的考验，这让你很是恼火。你当真是火冒三丈。

我们还要见面吗？到了第四周，她问道。你差点脱口而出"好"，但这时你的脑子犯了混。

那要看情况了，你说。

看什么情况？她立刻警惕了起来，这让你愈发恼火了。她让那个巴尼人没戴安全套就上她的时候怎么不警惕啦？

要看你最近打不打算让我尝点甜头。

哦，真是经典。这话一出口，你就知道自己死翘翘了。

诺艾米沉默了。然后她说，我先挂了，免得说出什么你不爱听的话来。

这是你的最后一线机会了，但你非但没有哀求原谅，却恶狠狠地说，随便你。

一个小时之内，她就把你从她的脸书上删除了。你发了一条询问的信息过去，但她一直没回复。

多年后，你在达德利广场①又遇见了她，但她假装不认识

---

① 波士顿的一个商业区。

你，你也就没有勉强。

干得漂亮，埃尔维斯说，真棒。

你们俩在哥伦比亚排屋①附近的游乐场看着她的女儿玩耍。他努力安慰我。她有个孩子。这样的女人可能不适合你。

可能不适合我。

这种不算严重的分手也很糟糕，因为这让你一下子又重新想起你的前女友来。重新一头栽进了忧郁当中。这一次，你沉沦了六个月才恢复。

你振作起来之后对埃尔维斯说，我想，我暂时就不要和女人打交道了。

那你要怎么办？

先集中注意力打理好自己。

好主意，他的老婆说，而且好运总是在你不经意的时候到来。

大家都这么说。这比说"真他妈倒霉"要轻松些。

真他妈倒霉，埃尔维斯说道，好受点了吗？

没有。

在步行回家的路上，一辆吉普车呼啸着开过；驾驶员骂你

---

① 波士顿一处公寓楼。

是猪脑子。你的一个老情人在网上写了首关于你的诗。题目叫《贱人》。

第三年

于是，你暂时放弃了女人。你努力把精力放到工作和写作上。你开始写三部小说：一部是讲一个棒球运动员的，一部是讲一个毒贩子的，最后一部是关于一个巴恰达舞者——他们全都抽大麻。你对教书认真了起来；为了健康，还开始跑步。你过去就有跑步的习惯，现在为了不要想得太多，又重新跑了起来。你肯定特别需要锻炼，因为形成新的生活节奏之后，你开始每周要跑步四五六次。这是你的新瘾头。你早上跑步，深夜没人的时候还在查尔斯河旁边的小路上跑。你跑得那么猛，心脏好像要罢工。冬天来临的时候，你内心里害怕自己会坚持不下去——波士顿的冬天冷得简直就是恐怖主义——但运动已经成了必需品，于是你拼命坚持下去，尽管树叶已经掉光，小路上已经没有其他跑步的人，冰霜一直侵入你的骨头。很快，跑步的就只剩下你和其他几个疯子了。你的身体当然也在发生变化。以前抽烟喝酒养出来的肥肉都没了，你的两腿现在看上去根本不像是你的。每当你想到前女友，每当孤独在你体内像一块沸腾燃烧的大陆般高高耸起时，你就穿上运动鞋去跑步，这很有帮助。真的有效。

到冬末,你已经认识了所有经常晨跑的人,其中有个姑娘,让你心中燃起了一点希望。每周你们都相遇好几次。她真的很好看,苗条优雅得像只瞪羚——干脆利落、步态优美,真是个惊人的大美女。她的外貌有点拉丁裔的特征,但你已经有阵子不关注女人了,所以就算她是个黑皮肤拉丁人,你也不会注意到。你们俩相遇的时候,她总会微笑。你考虑要不要在她面前扑通一声倒地——我的腿啊!我的腿!——但那也太狗血了。你心里一直希望能在城里其他地方遇见她。

你的跑步锻炼进展良好,但跑了六个月之后,你的右脚突然疼起来。沿着内足弓有种火辣辣的疼痛,休息了几天也不见好转。很快就连不跑步的时候你也一瘸一拐了。你去看了急诊,注册护士用他的大拇指推了推你的痛处,观察你痛得浑身扭动的模样,然后宣布,你得了足底筋膜炎。

这究竟是什么病,你完全是两眼摸黑。我什么时候能重新跑步?他给了你一本小册子。有时要一个月能好。有时要六个月。有时是一年。他停顿了一下。还有的时候要更久。

这让你伤心欲绝,回到家,灯也不开,就黑咕隆咚地躺在床上。你害怕了。我不想回到原先那状况,你告诉埃尔维斯。那就别回到那状况,他说。你顽固地坚持继续跑步,但疼痛越来越厉害。最后，你不得不放弃。你把运动鞋收了起来。你早上睡懒觉。你看到别人跑步的时候就转过身。你在体育用品店前掉眼泪。你不知怎么想的又打电话给前女友，她当然没有接。她没有换电话号码，这一点给了你一点莫名的希望，尽管你听说她已经有了新男朋友。据说那家伙对她超好。

埃尔维斯鼓励你去练瑜伽，就是中央广场有人教的那种半比克拉姆式^①瑜伽。那儿有好多热情奔放的娘们儿，他说道。有好多好多娘们。虽然你现在没有动娘们儿的脑筋，但你想保持住锻炼出来的体形，于是你去试了试。那摩斯戴^②那种扯淡玩意你不感兴趣，但你很快就迷上了瑜伽，很快就能和其中最优秀的学员一起做维尼亚撒^③了。埃尔维斯说得一点不错。那儿有好多热情奔放的娘们，个个屁股朝天，但你都看不上眼。有个小个子白人女孩试着和你聊天。全班的男学员中只有你一个从来不脱掉衬衫，这似乎给她留下了很深的印象，但你总是轻手轻脚地快速离去，躲开她的傻笑。你和白人娘们儿能怎么样呢？

搞她搞得爽歪歪，埃尔维斯建议道。

---

① 比克拉姆式瑜伽是20世纪70年代创立的一种瑜伽，以其创立人比克拉姆·乔德赫利的名字命名。
② 印度人常用的问候语，梵语原义为"向你鞠躬致意"。在向别人说这问候语时，通常还会将双手合十、置于胸前，并微微点头。
③ 瑜伽上的一种说法，有很多意义。一般指动作与呼吸配合的一组瑜伽体位法。

给她个机会吧，阿兰妮提议。

但你没有听他们的话。瑜伽课上完之后，你快速走到一边，清理自己的瑜伽垫，她理解了你这个暗示。她不再来纠缠你了，但有时在上课的时候，她还会带着渴望的眼神盯着你。

你对瑜伽入了迷，很快就不管走到哪里都带着瑜伽垫了。你已经不再幻想你的前女友会在你公寓门前等你，但你还时不时地打电话给她，一直等到线路切换到语音信箱。

你终于开始写你那部以八十年代世界末日为题材的小说了——"终于开始"的意思是，你写了一段，然后在突然爆发的自信心的影响下，开始和那个在"巨大房间"①认识的、在哈佛法学院上学的年轻黑皮肤拉丁姑娘勾搭起来。她年纪是你的一半，是个十九岁就本科毕业的超级天才，非常可爱。埃尔维斯和达奈尔都对她表示认可。一流货色，他们说。但阿兰妮反对。她太年轻了，是吧？是的，她真的很年轻，你俩搞得天昏地暗，在动作的时候，你俩紧紧搂着对方不肯松手，但完事之后，你俩迅速分开，似乎感到羞耻。大部分时间里，你估计她是可怜你。她说她喜欢你的头脑，但考虑到她其实比你聪明，所以这一点很可疑。她真正喜欢的似乎是你的身体，一直腻歪

---

① 马萨诸塞州剑桥市的一家舞厅和酒吧，邻近麻省理工学院，但现在已经关门了。

着你不肯放手。我应当重新开始跳芭蕾舞,她在帮你脱衣服的时候说。那你身上的肉肉就没了,你说,她笑了起来。我知道,那就是进退两难的地方。

皆大欢喜,一切无比美好,直到有一次你正在做"拜日式"①的时候,突然感觉背部下方一个抽动,然后"扑"的一声,就好像突然停了电一样。你一下子一点力气也没有了,不得不躺下。是的,教练敦促说,如果坚持不住的话就休息。下课后,你在那个小个子白人女孩的帮助下才爬得起来。你要我带你去什么地方吗?她问道,但你摇摇头。步行回家的那段路简直像是巴丹死亡行军②。在"犁与星"③,你倒在了一个停车标志牌上,只得用手机打电话给埃尔维斯。

他很快就来了,还带着个美妞儿。她是个地地道道的剑桥佛得角人④。他们俩看上去好像刚亲热过似的。这是谁?你问道,他只是摇摇头。他把你带到急诊室。医生来的时候,你已经痛

---

① 瑜伽的一套动作。
② 1942年4月(第二次世界大战期间),在菲律宾被日军俘虏的7万名美国和菲律宾战俘被强迫进行强行军。这些挨饿、受虐待的战俘从巴丹半岛南端出发,强行军101千米,抵达一处战俘营。仅有5.4万人活着抵达目的地,约有1万人死于途中,其余在半途逃入丛林。
③ 马萨诸塞州剑桥市的一家酒吧,1969年成立,得名自爱尔兰剧作家肖恩·奥凯西的作品《犁与星》。这家酒吧常有文人聚会,还有自己的文学杂志。
④ 波士顿周边地区居住着不少佛得角移民。

得像个老头似的蜷缩成一团了。

可能是椎间盘破裂,她宣布。

好吧,你说。

你足足两个星期卧床不起。埃尔维斯给你送饭,你吃的时候他就坐在旁边。他说起了那个佛得角女孩。真是绝世名器,他说,就像一个热芒果。

你听了一阵子,然后说,小心不要落到我的下场。

埃尔维斯咧嘴笑了。我靠,没人会落到你的下场的,尤尼奥。你是个多米尼加奇葩。

他的女儿把你的书扔到了地板上,你也不管了。也许这会鼓励她读书,你说。

现在你的脚、背和心都碎了。你不能跑步,也不能做瑜伽。你试着骑自行车,以为自己能像阿姆斯特朗那样浴火重生[①],但你的背剧痛难忍。于是你只能坚持步行。每天早上你都步行一个钟头,每天夜里再走一个钟头。步行的话,大脑不会晕乎乎,肺部不会撕痛,不会浑身痛楚,这总比不锻炼的强。

一个月后,法学院学生离开了你,转投一个同学的怀抱。

---

① 兰斯·阿姆斯特朗(1971—),美国自行车选手,环法自行车赛三次冠军得主(1999—2001)。1996 年,他罹患睾丸癌,当时已经扩散到肺和脑,经过治疗后重返赛场,再创辉煌。

她告诉你说,和你在一起很好,但她现在必须现实起来。潜台词:我不能再和老家伙乱搞了。后来你在哈佛园[①]看见她和那个同学在一起。那人的皮肤比你还白,但模样仍然是个板上钉钉的黑人。他身高九尺,身材匀称,标准得活像解剖学入门教材上的人体图。他俩手拉着手一起走,她看上去非常开心,你费了很大了力气才压住妒火。两秒钟后,保安走上前来,要查你的证件。第二天,有个白人小孩骑自行车从你身边冲过,往你身上扔了一罐健怡可乐。

新学期开始了,这时你的一块块腹肌已经消失了,就像小小的岛屿被脂肪的海洋吞没。你浏览了一下新进的年轻教师们,看看有没有潜在目标,但什么都没有。你看很多电视。有时候埃尔维斯来你家,因为他老婆不准他在家里抽大麻。他看到你练瑜伽的效果那么好,也开始去练了。好多娘们儿,他咧嘴笑道。你真想不恨他。

那个佛得角女孩怎么样了?

哪个佛得角女孩?他冷冷地说。

你的身体一点点恢复了。你开始做俯卧撑和引体向上,甚至还做瑜伽的动作,但非常小心。你和几个姑娘一起吃饭。其中

---

① 马萨诸塞州剑桥市的一片约25英亩的草地,是哈佛大学最古老也是最中心的区域。

一个已经结婚了,就像三十年代末期多米尼加中产阶级女性那种风格的热辣。你看得出,她想和你睡觉。你在吃小排骨的全过程中感觉她一直贪婪地盯着你看,就好像你站在法庭被告席上似的。在圣多明各我是不可能这样和你见面的,她慷慨大方地说道。她的几乎所有话都是以"在圣多明各"开始的。她在哈佛商学院进修一年,尽管在波士顿跑来跑去欢乐得不得了,但你还是看得出,她很想念多米尼加,绝不会在其他任何地方生活的。

波士顿是非常种族歧视的,你向她介绍道。

她看着你,就好像看着一个疯子似的。波士顿没有种族歧视,她说。她还嘲笑认为圣多明各有种族歧视的说法。

那么,现在多米尼加人热爱海地人啦?

那不是种族矛盾。她一字一顿地说。那是国家间的矛盾。

当然,你俩上了床,那感觉倒不赖,只不过她的高潮总也不来,而且她老是唧唧歪歪地吐槽她的丈夫。她是个只懂索取的人,懂这意思吧。很快你就带着她在城里城外转悠了:万圣节的时候去塞勒姆[①],有个周末去了鳕鱼角[②]。和她在一起的时候,警察从来不会命令你停车或者查你的证件。每走到一个地方,她都拍很多照片,但从来不拍你。你在床上睡觉的时候,她给

---

① 马萨诸塞州城镇,1692年发生过著名的审判女巫案件。
② 马萨诸塞州伸入大西洋的一个半岛。

孩子们写明信片。

学期结束时,她回家了。是我的家,不是你的家,她急躁地说。她总是努力证明你不是多米尼加人。如果我不是多米尼加人,那就没人是了,你反驳道。但这只让她大笑起来。用西班牙语说这句话,她发出挑战,你当然是不会说的。她走的那天,你开车送她去机场,你们没有像《北非谍影》那样激情拥吻,只是微笑了一下,再加上一个恼人的轻轻的拥抱。她的假奶抵着你的身躯,就像什么无法挽回的东西。写信给我,你告诉她。她说,那是自然。当然,你们俩都没有再联系对方。最后你把她的联系信息从手机里删掉了,但没有删掉她裸着身子睡觉时你给她拍的照片,那是永远不会删的。

第四年

你渐渐收到了一封又一封老情人们的婚礼邀请函。你没办法解释这种一窝蜂结婚的狂乱。混账,你说。你去咨询阿兰妮。她把邀请函翻过来看。我猜,就像欧茨[①]说的那样:真正的复仇就是没有你也过得很好。混账的霍尔和欧茨[②],埃尔维斯说。这

---

① 乔伊斯·卡罗尔·欧茨,美国著名女作家。
② 由戴瑞·霍尔和约瀚·欧茨组成的一个流行音乐乐团,活跃于二十世纪七八十年代。埃尔维斯误以为阿兰妮说的欧茨是流行歌手欧茨。

些婊子以为我们也是婊子呢。她们以为我们会在乎这种破事。**他瞅了瞅邀请函。我怎么感觉世界上所有亚洲女孩都和白人结婚了，你有没有这种感觉？是她们的基因就这样设定的还是怎么的？**

那一年，你的四肢开始出毛病了，有时会发麻，有时又恢复正常，就像多米尼加发生供电故障时灯光忽亮忽灭似的。这是种奇怪的、针扎一般的痛楚。这他妈的是怎么回事？你问道。我不会是要死了吧。你可能是锻炼强度太大了，埃尔维斯说。但我根本没有锻炼啊，你抗议道。可能就是压力的缘故，急诊室的护士这样告诉你。但愿如此，你伸张着手指，心里很担忧。你真的希望这只是压力。

三月份，你飞往旧金山湾区，去做一个讲座，但很不顺利。除了被教授们强迫来的学生外，几乎没人来听。讲座完了之后，你去了韩国城，狼吞虎咽韩式烧烤排骨，一直吃到肚子快撑爆。你开车转了转，看看这城市的风光。你在这地方有几个朋友，但你没有打电话找他们，因为你知道他们只会想和你谈你的前女友的事。你在这城里也有个老情人，于是最后你打电话给她，但她一听是你，就砰地把电话挂上了。

你回到波士顿的时候，法学院学生在你的公寓楼大厅里等你。你吃了一惊，也很兴奋，同时又有些警觉。还好吗？

简直就像蹩脚电视剧的狗血剧情。你注意到，她在门厅里放着三个手提箱。再仔细看看，她那滑稽的跟波斯人似的眼睛已经哭红了，睫毛膏是新涂上的。

我怀孕了，她说。

起初你没理解。你开玩笑道，还有呢？

你这混蛋。她哭了起来。可能是你的狗日的孽种。

人世间有惊讶，有震惊，还有这种五雷轰顶。

你不知道该说些什么，该做些什么，于是把她带上了楼。虽然你的背疼、脚疼，手臂也时不时地罢工，但你还是吭哧吭哧地把她的手提箱搬上了楼。她什么也没说，就是紧紧把枕头抱在穿着哈佛毛衣的胸前。她是个南方姑娘，腰杆挺得笔直，她坐下来的时候，你感觉好像她是面试考官似的。你给她倒了茶，然后问道，你要把孩子留下吗？

当然要留下了。

那么"吉玛西"[①]怎么办？

她没听懂。谁？

你的那个肯尼亚人。"男朋友"这个词你实在说不出口。

[①] 德当·吉玛西（1920—1957），20世纪50年代反抗英国殖民统治的肯尼亚部族领袖，现在被认为是肯尼亚的民族英雄。他于1957年被英国殖民政府抓获并处决。

他把我赶了出来。他知道孩子不是他的。她捏了捏毛衣上的什么东西。我要把箱子里东西都拿出来，好吧？你点点头，观察着她。她是个美得惊人的姑娘。你想起了那句老话：每一个美女背后，都有一个已搞到腻烦的男人。但你想，自己是不会腻烦她的。

但孩子有可能是他的，对吧？

明明就是你的，好吗？她喊道，我知道你不希望是你的，但就是你的。

你惊讶地发现，自己脑子里一片空白。你不知道自己应当表现得热情洋溢，还是支持鼓励。你摸了摸自己头上日渐稀疏的头发茬子。

你俩笨手笨脚、不尴不尬地勉强做了一次之后，她对你说，我得待在这儿。我没有别的地方可去。我不能回家。

你把这件事的来龙去脉告诉了埃尔维斯，原以为他会气疯，会命令你把她扫地出门。你害怕听到他的回答，因为你知道，你狠不下心来把她赶出家门。

但埃尔维斯没有气疯。他拍拍你的后背，喜气洋洋地说，好极了，老弟。

你这是什么意思？好极了？

你要当爸爸了。你要有自己的儿子了。

儿子？你说啥呢？根本都没有证据能证明那是我的孩子。

埃尔维斯没在听你的话。他心里在想着什么开心事。他四下张望，确定老婆不在听力范围之内，然后说，还记不记得我们上次去多米尼加的时候？

你当然记得。那是三年前。除了你，大家都爽得翻了天。那时你正处在低迷期，大部分时间都是一个人待着，仰天躺着在海里漂浮，或者在酒吧喝得烂醉，或者大清早在别人都还没起床的时候就在海滩上散步。

怎么啦？

呃，我们在那儿的时候，我把一个女孩搞大了肚子。

你不是在开玩笑吧？

他点点头。

怀孕了？

他又点点头。

孩子留下来了吗？

他在手机里翻检了一会儿。给你看了一张完美的小男孩的照片，那小脸是你见过的最地道的多米尼加人的脸。

那是我儿子，埃尔维斯自豪地说，小埃尔维斯·哈维尔。

老哥，你是认真的吗？如果你老婆发现了怎么办？

他恼火地抬起头。她不会发现的。

你考虑了一会儿。这时你站在他家房子后面，离中央广场很近。在夏天，这几个街区都闹哄哄的，但今天居然清静得很，你听见一只松鸦在追逐其他什么鸟。

养小孩要花他妈的很多钱的。埃尔维斯往你胳膊上打了一拳。所以老弟啊，准备破产吧。

在你家里，法学院学生已经接管了你的两个衣橱和几乎整套洗涤槽，最关键的是，还占领了你的床。她在沙发上铺了张床单，放了一只枕头。那是给你准备的。

什么，我还不能和你睡一张床了吗？

这样对我不好，**她说**，那样压力太大了。我可不想流产。

这可是无可辩驳的。在沙发上睡觉让你的后背更受不了了，于是你每天早上醒来时都剧痛难忍。

只有有色人种的婆娘才会好不容易上了哈佛大学，却把肚子搞大了。白种女人是不会这么蠢的。亚裔女人也不会这么蠢。只有混账黑人和拉丁裔女人会这么二百五。要搞大肚子非要花那么大力气去哈佛吗？待在自己老家不也一样办得到嘛。

你在日记里这样写道。第二天你下课回来后，法学院学生把日记本扔到了你脸上。我真他妈恨你，**她嚎叫着**，我真希望不是你的孩子。我又希望是你的孩子，生出来是个白痴。

你怎么能这么说话？你问道，你怎么能说出这样的话来？

207

她走进厨房，给自己倒了杯酒。你把酒瓶从她手里夺走，把酒倒进了洗涤槽。这太荒唐了，你说。又是狗血电视剧。

随后整整两个星期，她没有搭理你。你尽可能久地待在自己办公室或者埃尔维斯家。你走进房间的时候，她就猛地把手里的笔记本电脑合上。我又没有在窥探什么，你说。但她一直等到你走开，才继续写刚才在写的东西。

你不能把自己孩子的妈扫地出门，埃尔维斯提醒道，那会糟践孩子的一生的。再说了，善有善报，恶有恶报。你就等着孩子生下来吧。她会回过神来的。

一个月过去了，两个月过去了。你不敢把这事——这算是好消息吗？——告诉别人。如果阿兰妮知道了，她一定会风风火火地冲杀进来，把法学院学生撵到大街上。你的后背苦不堪言，胳膊的麻木现在持续的时间越来越长了。淋浴的时候——全家只有这一个地方能让你独处——你小声对自己说，地狱，奈特利。我们这是在地狱[①]。

后来回想起来，这事就是个可怕的狂躁的噩梦。但在当

[①] 典出20世纪90年代的英国漫画《来自地狱》，以19世纪末著名的"开膛手杰克"连环杀人案为背景。2001年，这部漫画被改编为电影，由约翰尼·德普饰演主角。剧中的奈特利是凶手的马车夫和助手。

时，它发展得那么缓慢，那么真实而具体。你带她去产检。你帮她服用维他命之类乱七八糟的东西。几乎所有东西都是你付账。她和母亲断了关系，所以只有两个朋友，那两人在你家待的时间几乎和你一样多。这两个朋友都是"双种族身份危机援助小组"的成员，对待你几乎没有一点热情。你等待她心软，但她和你保持着距离。有些日子里，她在睡觉、你在努力工作的时候，你放纵自己去想象，自己的孩子将会是什么样。是男孩还是女孩，聪明活泼型的还是内向型的。更像你还是更像她。

你想好取什么名字了吗？埃尔维斯的老婆问道。

还没呢。

如果是女孩，就叫台伊娜①，她建议道，如果是男孩，就叫埃尔维斯。她嘲讽地瞅了她老公一眼，笑了起来。

我喜欢自己的名字，埃尔维斯说，如果是我，我会这么给男孩取名的。

除非我死了，他老婆说，何况，我这肚子不能再生孩子了。

夜间，你辗转反侧的时候透过卧室开着的门看见了她的电脑的亮光，听见她的手指在敲击键盘。

---

① 字面意思是"女台诺人"。台诺人是多米尼加的原住民。

你需要什么吗?

什么都不要,谢谢。

有好几次,你走到门前看着她,希望她会叫你进去。但她只是瞪着你问,你他妈的想干什么?

就是看看你。

五个月,六个月,七个月了。你正在教"小说入门"课,突然收到她的一个朋友发来的短信,说她已经临产了,早了六个星期。你脑海里涌起形形色色的恐惧。你不停地打她的手机,但她就是不接。你打电话给埃尔维斯,他也不接,于是你自己开车去了医院。

你是孩子的父亲吗?前台的女人问道。

是的,你没底气地答道。

护士带你穿过走廊,最后给你一件消毒防护衣,让你洗手,并指示你该站在哪儿,对可能要做的操作作了警告。但你刚走进产房,法学院学生就嚎叫起来,我不要他在这儿。我不要他在这儿。他不是孩子的父亲。

你没想到这对你的伤害居然这么大。她的两个朋友向你冲过来,但你已经自己走出门了。你看见了她细瘦灰白的腿和医生的后背,其他的就没看见什么了。你很高兴自己没看见其他的什么。那样的话,你会感觉自己威胁到了她的安全还是什么的。你脱下了防护衣；你在附近等了一会儿，然后才意识到自己在做什么，最后你开车回家了。

后来她就没有联系过你，但她的朋友，就是发短信通知你她临产的那个，来找你了。我来把她的包都拿走，好吗？她来了之后，警觉地扫视了一下屋子。你不会对我发飙吧？

我不会的。停顿了片刻，你问道，你为什么这么说？我一辈子从来没有伤害过任何女人。这时，你意识到自己听起来像什么样——一个一辈子一直在伤害女人的家伙。所有的东西都收拾好，放进了那三个手提箱，然后你帮她把手提箱搬下楼，放进她的多用途车里。

你一定松了一口气，她说。

你没有回答。

这事就这么结束了。后来你听说，那个肯尼亚人去医院看望她，看到婴儿之后，两人泪如泉涌，和好如初，一概既往不咎。

这事只能怪你自己，埃尔维斯说，你当初应该和你那个前女友生个孩子。那样她就不会离开你了。

就算有孩子，她还是会离开你的，阿兰妮说，相信我吧。

这个学期的余下时光真他妈的倒了血霉。你得到了六年教授生涯中的最低评分。这个学期里你的唯一一个有色人种学生是这样评价你的：他声称我们什么都不懂，但又不给我们指出改进的途径。有天夜里你打电话给前女友，转到语音信箱后，你说，我们当初应当生个孩子才对。然后你羞耻地挂上了电话。你说这个干吗呢？你问自己。现在她绝对不会再跟你说话了。

她不理你也不是因为这次电话的缘故，阿兰妮说。

看看这个。埃尔维斯拿出一张小埃尔维斯手持棒球棍的照片。这孩子会长成个超级猛男。

寒假里，你和埃尔维斯一起飞回了多米尼加。除此之外你还能干啥呢？除了胳膊麻了的时候挥动挥动之外，你屁事也没有。

埃尔维斯喜不自禁。他准备带给儿子的东西装满整整三个手提箱，包括给孩子预备的第一副棒球手套、第一个棒球和第一件波士顿红袜队的针织运动衫。给孩子他妈带了大约八十公斤的衣服和其他东西。东西都事先藏在你的公寓里。他向老婆、丈母娘和女儿告别的时候，你也在他家。他的女儿似乎不理解这究竟是怎么回事，但门关上之后，她发出一声哀嚎，那声音就六角形铁丝网一样紧紧缠绕着你。埃尔维斯却一点表示也没有，冷静得不得了。我以前就是这样没心没肺的，你想道。只想着自己、自己、自己。

在飞机上,你当然要张望一下,看她是不是也在。你控制不了自己。

你估计埃尔维斯孩子的妈住在什么贫民窟,比如卡波蒂约[①]或者洛斯阿尔卡里索斯[②],但你没想到她的家居然在纳达村[③]。那地方你以前来过几次;你们家就是从那地方混出来的。一大片私搭乱建的破房子,分间出租给穷光蛋们,没有公路,没有电灯,没有自来水,没有电,什么都没有;家家都是胡搭乱建、叠床架屋的棚户;到处是烂泥、木屋、摩托车、下流的扭屁股舞和皮笑肉不笑的混蛋,一眼望不到边;简直就像从文明世界边缘摔了出去。你们不得不把租来的多用途车丢在最后一段公路上,跳上摩的,全部行李都扛在背上。没人注意你们,因为你们扛的这点东西对当地人来说是小菜一碟。你看见有一辆摩托车载了全家五口人外加一头猪。

最后你们终于停在了一座屁股大点儿的小房子前,孩子他妈迎面走出来——提示:合家团圆。你真希望自己还记得起很久以前那次旅行时见过孩子他妈,但实在是一点印象也没有。她个子高大,非常丰满,正是埃尔维斯喜欢的那种类型。她顶

[①] 应该是恩桑切·卡波蒂约,圣多明各市的一个区。
[②] 多米尼加南部城镇。
[③] 这是迪亚斯自己生造的词,意思是"虚无之地"或"乌有乡"。

多二十一二岁,脸上带着让人没有抵抗力的乔治娜·杜鲁克[①]式微笑。她看见你时给了你一个大大的拥抱。孩子的教父终于打算来串门啦,她用农妇那种洪亮声音说道。你还见到了她母亲、她祖母、她哥哥、她妹妹和三个叔叔。好像没有一个人的牙是完整的。

埃尔维斯抱起那男孩。我的儿子,他唱了起来,我的儿子。

小孩哭了起来。

孩子他妈家只有两个房间、一张床、一把椅子、一张小桌子、头顶上只有一个电灯泡。蚊子比难民营里还多。屋后是臭气熏天的污水沟。你看着埃尔维斯,用眼神问他,这是什么狗屁。墙上贴的家庭合影沾着水迹。下雨的时候——孩子他妈无奈地抬起双手——所有东西都得完蛋。

别担心,埃尔维斯说,如果能搞到钱的话,我这个月就把他们全搬走。

那幸福的一对让你和小埃尔维斯待在一起,自己去各家商店结账,再买些必需品。不用说,孩子他妈还想向邻人炫耀炫耀埃尔维斯。

你坐在房子前一张塑料椅上,怀里抱着小孩。邻居们喜滋

[①] 多米尼加的著名模特和演员。

滋地、贪婪地欣赏着你。你们开始玩多米诺骨牌,你和孩子他妈的阴森森的哥哥搭档。不消五秒钟,他就说服你从附近的杂货店点了几支大雪茄和一瓶布鲁加尔酒。还买了三盒香烟、一根萨拉米香肠,还给一个女儿得了淤肿病的女邻居买了一些咳嗽糖浆。她身体不大好,她说。当然了,所有人都要介绍自己的妹妹或者表妹给你认识。绝对俊得让你口水直流,他们保证说。你们的第一瓶朗姆酒还没喝完,就有几个妹妹或者表妹亲自来了。她们看上去土得要死,但你至少得认可人家敢于尝试的勇气吧。你邀请大家全都坐下,点了更多的啤酒和一些劣质炸鸡块。

看中了哪个,告诉我就行,一个邻居小声说道,我帮你张罗。

小埃尔维斯庄严地打量着你。他是个非常可爱的小混蛋。他两腿上布满蚊子咬的包,脑袋上有块老痂,具体是怎么受的伤没人说得清。你心里突然有种冲动,要用自己的手臂,用自己的全身保护他。

后来,大埃尔维斯把他的计划告诉了你。过几年我就把他带到美国去。我会跟我老婆说,这是我有次喝醉了酒搞一夜情的后果,但是直到现在才发现。

这样能成吗?

能成,他暴躁地说。

老哥，你老婆是不会相信这种说法的。

你懂个屁？埃尔维斯说，你自己的事什么时候搞利索过？

你理屈词穷了。这时你的胳膊疼得要死，于是你抱起那孩子，好疏通手臂上的血液循环。你看着他的眼睛。他看着你的眼睛。他看上去智力超常。将来肯定要上麻省理工学院的，你说着，用鼻子和嘴轻碰着他那黑胡椒色的头发。他开始大叫，于是你把他放下，看着他跑来跑去。

大约就是在这个时候，你知道了。

房子的二楼没有盖完，钢筋从混凝土预制砖里伸出来，活像可怕的、扭曲肿胀的淋巴结。你和埃尔维斯站在那里，喝着啤酒，眺望着市郊之外的地方，视线越过远方巨大的碟状广播天线，遥望锡巴奥地区的群山，中央山脉①，你父亲就出生在那里，你的前女友的全家都是从那儿来的。这景象挺震撼的。

他不是你的孩子，你告诉埃尔维斯。

你在说什么呢？

那孩子不是你亲生的。

瞎扯淡。那孩子长得跟我一模一样。

埃尔维斯。你把手放到他手臂上。你仔细盯着他眼球的中

---

① 多米尼加乃至整个加勒比海地区最高的山脉。

间。不要再胡闹了。

漫长的沉默。但他长得像我。

老兄,他长得一点都不像你。

第二天,你们俩把孩子带着,开车去了城里,回到了卡斯库埃①。你们费尽九牛二虎之力才把那全家人拦住,没让他们一起来。你们动身前,孩子他妈的一个叔叔把你拉到一边。你真得给这些人带一台冰箱。然后孩子他妈的哥哥又把你拉到一边。还有电视机。然后孩子他妈的妈妈又把你拉到一边。还有电热梳②。

通往市中心的交通简直像加沙地带那样可怕,似乎每隔五百米就有一辆车趴窝,埃尔维斯不停威胁说要掉头。你不理他。你盯着破烂混凝土形成的泥浆、把全世界的破烂货全扛在肩上的小贩们,以及蒙着一层灰土的棕榈树。那孩子紧紧抓着你。这并不代表什么,你告诉自己,这不过是一种莫罗氏反射③,仅此而已。

不要强迫我这么做,尤尼奥,埃尔维斯恳求道。

你坚持一定要把这事办完。你非去不可的,埃尔维斯。你

---

① 圣多明各的一个区。
② 用来把鬈发梳直的一种可加热的梳子。
③ 亦称"惊跳反射",是一种新生儿反射,新生儿在感觉自己坠落时会本能地做出相应的反射动作。

知道你不能在谎言中继续生活下去。那样对孩子不好,对你也不好。你难道不感觉,知道真相更好吗?

但我一直想要个儿子,他说,我这一辈子就想要个儿子。我在伊拉克出事的时候,一直在想,上帝,求你让我活得足够长,能有个儿子,求你了,我有了儿子之后你就可以让我死,立马就死。看,他不是给了我一个儿子了吗?他给了我。

诊所是那种特鲁希略时代建造的国际风格的房子。你们俩站在前台。你拉着孩子的手。孩子目光犀利地凝视着你。烂泥在等待。蚊子咬的包在等待。虚无在等待。

去吧,你对埃尔维斯说。

你真的以为,他是不会去做的,这事就到此为止了。他会带着孩子,转身回到汽车。但他把那小孩子带进了一个房间,医生用药签在他们俩的口腔取了样品,测试就完成了。

你问道,结果什么时候能出来?

要等四周,技术员告诉你。

要这么久?

她耸耸肩。欢迎来到圣多明各。

第五年

你以为,这事这么就算完了,不管测试结果如何,都不会改变任何事情。但四个星期之后,埃尔维斯告诉你,测试结果是阴性的。倒霉蛋,他苦涩地说道。然后他和那孩子以及孩子他妈一刀两断了。他换了手机号码和电子邮箱地址。我叫那婊子不要再给我打电话了。有些鸟事是不能原谅的。

你当然感到很内疚。你想着那孩子盯着你看的模样。至少把她的号码告诉我,你说。你想自己可以每个月给她点钱,但他不肯。那个扯谎的婊子。

你估计,他在内心深处肯定早已知道那孩子不是他的了,或许他还希望你会去揭露真相。但你放下了这事,没有继续探究。他现在每周去五次瑜伽课,身体状况处于顶峰,而你呢,不得不再次去买尺寸更大的牛仔裤。现在你去埃尔维斯家的时候,他的女儿跑过来迎接你,叫你"胡恩吉叔叔"。那是你的韩语名字,埃尔维斯开玩笑地说。

他就像什么事情都没发生过一样。你希望自己能像他那样沉着冷静、不轻易动感情。

你还会想他们吗?

他摇摇头。以后也绝不会想。

你四肢的麻木越来越严重了。你去看医生,他们把你转给一个神经科专科医生,他让你去做一个核磁共振成像。你的脊椎上全是狭窄症状,那医生颇受震撼地说。

严重吗?

不是太好。你以前是不是做过很多重体力劳动?

你是说除了搬运台球桌吗?

就这样吧。医生眯着眼看核磁共振成像的片子。咱们试试理疗吧。如果不见效的话再考虑其他疗法。

比如?

他两手在面前摆成一个尖塔形,沉思着。手术。

你本已千疮百孔的生活现在继续恶化。有个学生向校方投诉,说你脏话太多。你不得不和系主任谈了话。他的意思基本上就是,狗日的给我小心点。连续三个周末,你的车被警察拦下。有一次他们强迫你下车坐在马路牙子上,你眼睁睁地看着其他汽车呼啸看过,车上的人经过时都盯着你看。有次在地铁上,你发誓自己真的在交通高峰期的人群中看见了她。有一秒钟时间,你的两膝发软,但那只是另一个穿着西服的拉丁裔大美妞。

你当然会梦见她。在梦中,你们俩在新西兰,或者在圣多明各,或者(不大可能地)在大学宿舍里。你要她叫你的名字,要她触摸你,但她不肯。她只是摇摇头。

别这样。

你想继续自己的生活,想把霉运全都驱逐掉,于是你在广场另一侧找了一个新公寓，从那里可以看见哈佛大学建筑群的轮廓。所有那些美得惊人的尖顶，包括你最喜欢的老剑桥浸礼宗教堂像灰色匕首一样的尖顶。你住在五楼，搬进来的第一天，有只鹰降落在你窗外的枯树上。它盯着你的眼睛。你感觉这是个好兆头。

一个月后，法学院学生寄来一封信，邀请你去肯尼亚参加她的婚礼。信里还有他们俩的照片，他们穿的那玩意儿你估计是肯尼亚的传统服装。她很瘦，化了很浓的妆。你原指望她会感谢你，哪怕只是提到你曾经为她做的一切。但她什么也没说。甚至地址也只是电脑打印出来的。

或许她是搞错了才寄信给我的，你说。

她是真心要寄信给你的，阿兰妮保证道。

埃尔维斯把邀请函撕碎，从卡车窗户里扔了出去。臭娘们。所有的臭娘们。

你救回了照片的一小片碎片。上面是她的手。

在各个方面你都比以往更努力——教书、理疗、常规治疗、读书、散步。你一直等待着忧伤离你而去。你一直等待永远不会再想到前女友的那一刻。那一刻始终没有来。

你问所有你认识的人通常要多久才能忘却这种伤痛？

仁者见仁，智者见智。有人说，两人在一起有多少年，就需要多少年的时间来医治伤痛。有人说，两人在一起有多少年，就需要这两倍的时间。有人说，这就是个意志力的问题，你打定主意要解脱的那一天，你就解脱了。也有人说，这种痛苦永远治愈不了。

那年冬天的一个晚上，你和所有哥们儿一起去迈特潘广场的一个破破烂烂的拉丁裔夜总会。操他妈的迈特潘。室外气温接近零度，但室内却热得让大伙儿都脱得只剩下 T 恤，臭气熏天。有个姑娘老是撞到你身上。你对她说，亲爱的，别这样啦。她对你说，你也别这样。她是多米尼加人，体态轻柔，个子超级高。你们俩没谈了几句，她就正式告知你，我永远不会和像你这么矮的男人约会的。但那天夜里结束的时候，她把自己的电话号码给了你。整个晚上，埃尔维斯一声不吭地坐在吧台前，一杯一杯地灌人头马。前一周，他自己一个人快速地去了多米尼加一趟，一次幽灵行动①。回来之后才把这事告诉你。他去找了小埃尔维斯和他妈。但他们已经搬走了，没人知道搬去了哪里。他记下来的她的电话号码全都不对。我希望能找到他们，他说。

我也这么希望。

---

① 典出 2001 年问世的美国军事题材电子游戏《汤姆·克兰西的幽灵行动》(又译《火线猎杀》)。

222

你选择了最长的路线来散步。每隔十分钟，你停下来，做蹲起动作或者俯卧撑。这比不上跑步，但能提高你的心率，总比不锻炼的好。但后来你的神经痛发作得太厉害，几乎动弹不得。

有些夜间，你会做神经漫游者①那种梦，梦见你的前女友、那小男孩和另外一个很熟悉的人在远方朝你招手。在非常近的什么地方，你听得见不是笑声的笑声。

最后，当你感觉自己这么做不至于炸成齑粉的时候，就从床下藏着的地方取出一个文件夹。你把它叫作"末日之书"。那是你偷情时期留下的所有电邮和照片的副本，你的前女友发现了它们、编纂成册，在和你彻底分手一个月后寄还给你。亲爱的尤尼奥，这给你的下一本书做素材吧。那可能是她最后一次写你的名字。

你把全部资料从封面读到封底（是的，她还做了封面）。你很吃惊地发现，自己那时真的是个可怜兮兮的懦夫。要你承认这一点简直像杀了你一样，但当真如此。你的撒谎成性让你震惊不已。你读完第二遍之后，说出了大实话：你和我分手是对的，黑妹子。你和我分手是对的。

---

① 典出 1984 年出版的美国网络朋克科幻小说《神经漫游者》，涉及人工智能、虚拟空间、网络犯罪等。

她说得对,这要是写成书肯定牛逼得不行,埃尔维斯说。刚才你们俩的车被警察拦下了,你们在等白痴警官检查完你们的驾驶执照。埃尔维斯拿起了其中一张照片。

她是个哥伦比亚人,你说。

他吹了声口哨。哥伦比亚万岁。他把"末日之书"递还给你。

你真应该写一本偷情者的真爱指南。

你这么想?

是啊。

过了一阵子你才开始动笔。你和那个高个子女孩约会。你去看了更多的医生。你庆祝阿兰妮的博士论文答辩。然后在一个六月的晚上,你草草写下前女友的名字,然后接着写道:爱的半衰期是永远。

你又写了几句。然后低下脑袋。

第二天,你看着新的纸页。这一次,你没有想把自己写的东西全烧个一干二净,或者永远放弃写作。

这是个不错的开头,你自言自语道。

大约就是这样。随后几个月,你努力写这本书,因为它的感觉像希望,像恩典——而且因为你这个满嘴扯谎的偷情者心里很清楚,有的时候,我们能够拥有的,就只有一个开头而已。